HARTMUT HERRGESELL

Gegenwind

Coming Out - Roman

Herstellung: Books on Demand GmbH

ISBN 3-8311-2834-0

VORWORT:

Kaum ein anderer Lebensbereich wie die Sexualität beschäftigt die
Menschen stärker. Aber leider ist Sexualität nicht nur mit Lust, Vergnügen und Liebe verbunden, sondern oft auch mit körperlichen und
vorallem seelischen Verletzungen, sowie mit persönlichen, gesell-
schaftlichen und staatlichen Sanktionen oder Repressionen.
In zahlreichen Bundesstaaten der USA gilt Oralverkehr als Verbrechen
und wird mit Freiheitsstrafen bedroht und in vielen Staaten der Erde
steht auf Homosexualität noch immer die Todesstrafe.

Verträumt blickte Martin Henning mit starrem Geradeausblick in den wolkenlosen Frühsommerhimmel während die letzten Takte der Nationalhymne der DDR verklangen. Nur schemenhaft erinnerte er sich an die letzte Stunde, bereit zu glauben das alles nur ein Traum war. ".....befördere ich den Unteroffizier Martin Henning zum Unterleutnant! Glückwunsch, Genosse Unterleutnant Henning!" hatte der Generalmajor gesagt, ihm kurz die Hand gedrückt, die neuen Schulterstücke provisorisch befestigt und die Beförderungsurkunde überreicht. Dann war war er weitergegangen und hatte den nächsten Kameraden mit den gleichen Worten befördert, insgesamt vierundzwanzig Mal.
"Offizierslehrgang B, Achtung! Rääächts um! Ohne Tritt, Marsch!" brüllte der Spieß in gewohnter Lautstärke, wohlwissend, daß dies sein letztes Kommando als Dienstvorgesetzter war.
Denn jetzt war der frisch gebackene Unterleutnant Martin Henning im Rang höher als der Spieß. Noch vor wenigen Minuten war es anders, jetzt mußte der Spieß *ihn, den Unterleutnant* grüßen.

Später erinnerte er sich nur dunkel an die Feier im Kreis der Kameraden. Zuviel war ihm durch den Kopf gegangen. Gewiß, der heutige Tag war ein neuer Höhepunkt in seiner militärischen Laufbahn, jetzt stand einer Karriere als Offizier praktisch nichts mehr im Weg, aber dennoch befürchtete er, daß ihm ein dummer Zufall seine Pläne zunichte machen konnte. Doch davor wollte er sich in acht nehmen und nahm sich vor, künftig besonders wachsam zu sein. Damit eben dieser dumme Zufall niemals eintreten würde. -
Martin Henning war mit Leib und Seele Soldat. Schon sehr früh hatte er erkannt, daß für ihn kein anderer Beruf infrage kommen würde. Denn schon als kleiner Junge kannte er alle Dienstränge und die meisten Strukturen der Nationalen Volksarmee auswendig. Das hatte ihm bei den Jungen Pionieren und später bei der vormilitärischen Ausbildung in der Schule viele Vorteile gebracht.
Dem Gegner im Denken und Handeln immer einen Schritt voraus sein, diese Einstellung hatte dem jetzt 23-jährigen, jungen Unterleutnant, schon immer im Blut gelegen.
Ein Lächeln huschte über sein Gesicht, als er daran dachte, daß ihm strategisches Denken leichter fiel, als irgendwelche chemischen Formeln auswendig zu lernen.
Sein Wissen um strategische Zusammenhänge hatte dazu geführt, daß man auf ihn, Martin Henning, schon sehr früh aufmerksam wurde. Auf der

Hochschule der NVA hatte man das erkannt und ihn sorgfältig gefördert. Wohlwollende Vorgesetzte sahen in ihm eine Art militärisches Naturtalent, das zu höheren Weihen berufen war. In diesem Zusammenhang war auch irgendwann einmal das Wort Generalstab gefallen. Noch gut erinnerte er sich, daß ihm bei diesem Wort vor Freude ein eisiger Schauer über den Rücken gefegt war.

Mehr unbewußt schüttelte Martin Henning den Kopf: Generalstab! Zwar war das sein Traum, aber bis dahin war es noch ein langer, steiniger Weg.

Zwar hatte er jetzt die Unteroffiziersklippe mit Bravour gemeistert, aber in einigen Jahren galt es auch die Majorshürde zu nehmen. Ob er diese Hürde auch so leicht nehmen würde, stand in den Sternen. Er selber war sich da garnicht so sicher, zuviel konnte inzwischen passieren. Zwar hatte er bereits eine äußerst seltene Auszeichnung der Akademie der Roten Armee in Moskau vorzuweisen, aber das hieß noch lange nichts.

Von der Sowjetunion lernen, heißt siegen lernen. Belustigt mußte er daran denken, daß er damals in Moskau eindrucksvoll unter Beweis gestellt hatte, daß die DDR auch siegen konnte. Demzufolge konnte also die Sowjetunion, in diesem Fall die Rote Armee, auch etwas von der DDR lernen. Das erstaunte, fassungslose Gesicht des sowjetischen Genossen Oberst würde Martin Henning nie vergessen, als er damals seine Lösung vorstellte. In einem Kreis hoher Offiziere mußte er immer wieder seine Strategie vortragen und erklären. Man hatte ihn voller Hochachtung angesehen und zum Schluß eben diese seltene Auszeichnung verliehen. Es gab in der NVA nur eine Handvoll ranghoher Offiziere, die die gleiche Auszeichnung vorweisen konnten.

"He, Martin, träumst du?" wurde er jäh aus seinen Gedanken gerissen. Winfried Schulz, sein bester Freund, und genau wie er, gerade zum Unterleutnant befördert, stellte ihm ein großes Glas Bier auf den Tisch: "Wir sind kräftig am feiern und du lamentierst vor dich hin!"

"Es ist nichts, ich war tatsächlich ein bißchen am träumen." gab Martin irritiert zurück.

"Hat unser Lehrgangsbester soeben den Klassenfeind besiegt?" grinste Winfried.

"Ach wo, ich hab nur ein wenig an die Zukunft gedacht und das, wo sie einen hinstecken werden."

"Mach dir doch darüber keinen Kopf, Martin, irgendwo wirds schon sein. Ich habe eben was von Neubrandenburg läuten hören. Jedenfalls für ein

paar von uns. Oranienburg wäre mir ja lieber, wegen Berlin, weißte?
Na, ist ja auch egal."
So ging es eine Weile hin und her. Der offizielle Teil war schon lange
vorbei, die Kantine wurde mit jeder Stunde leerer und leerer. Auch die
beiden zogen es vor ihre Stube aufzusuchen. -
Die nagelneue Uniform, die Martin Henning als Unterleutnant auswies,
paßte wie angegossen. Sorgfältig glättete er einige Falten und betrachtete sich im Spiegel. Was er sah gefiel ihm: Dunkelblonde Haare,
ein schlanker, aber trainierter Körper, blaue Augen und sympatische
Gesichtszüge, die deutlich den Stolz des neuen Ranges verrieten. Heute
war für die jungen Unterleutnants offiziell dienstfrei. Man hatte
ihnen aber geraten in der Kaserne zu bleiben. Es konnte nämlich sehr
gut sein, daß schon heute die ersten Versetzungen bekanntgegeben
wurden.
Natürlich wußte das niemand genau und so war es besser für den Fall
aller Fälle erreichbar zu sein. Außerdem war hinlänglich bekannt, daß
Major Kosche nicht gerne wartete.
Martin Henning hatte genug zu tun. Er verließ die Stube um als erstes
ausgiebig zu frühstücken. Der Kaffee war alles andere als berauschend,
im allgemeinen Volksmund nannte man ihn auch "Blümchenkaffee", weil
durch den Kaffee meistens auch der Grund der Tasse verschwommen zu
erkennen war. Doch das focht ihn nicht an. Der Kaffee war heiß und
schmeckte sogar nach Kaffee, das Brötchen war frisch, jedoch die Mar-
melade aus sowjetischer Produktion schmeckte ihm zu sehr nach Aluminium, wie er fand. Aber, man mußte es so nehmen wie es war.
Hier und da unterhielt sich Martin mit Kameraden über alles Mögliche.
Er hörte allgemein heraus, daß sich die frisch gebackenen Unterleutnants in der Nähe des Kommandeurszimmers von Major Kosche aufhalten
würden, um sofort zur Stelle zu sein.
Auch Henning nahm sich das vor, doch zuvor mußte in seinem Soldbuch
die Beförderung eingetragen werden.
Noch bevor die Kameraden das Frühstück beendeten, stand er auf und
ging in soldatisch-strammen Schritt zur Schreibstube.
"Nu, guck da, noch eener der hier die Beförderung eentrachren lassen
will! Warum kimmt ihr nisch alle zusammen? Des is eenfacher für misch,
de Akten liieschen eh do. Macht nur meehr Orbeet, darum schert sisch
keener!" wurde Henning von einem mürrischen Leutnant empfangen.
Der tat so als prüfte er alle Angaben genau. Doch Martin Henning konnte erkennen, daß die Dienstbeflissenheit nur vorgetäuscht war.
Bestimmt war der Leutnant bei seiner Morgenlektüre, einer Frauenzeit-

schrift, die unter Papierstapeln hervorlugt, gestört worden. Die
hastig darüber gestapelten Papiere sprachen für sich. Aber es war keine Zeitschrift, die Martin kannte.
All dies erkannte Martin Henning im Bruchteil von Sekunden. Vielleicht
war es sogar westliche Propaganda? Nicht ausgeschlossen! Doch aufgrund
seines Ranges konnte er es sich nicht erlauben, einem Leutnant zu nahe
zu treten.
Den Stempel mit Hammer und Zirkel knallte der Leutnant in Hennings
Soldbuch, gratulierte mürrisch zu Beförderung und entließ den Unterleutnant mit den Worten:"De Babiere sin nu in Ordnung un kimmen se
glei nisch widder mit ner Beförderung! Mach es jut, Gumpel!"
Martin war froh, daß er diesen Teil überstanden hatte. Der Leutnant,
ein 8-ender, wie Henning schätzte, war nicht gerade das was man von
einem Offizier der NVA erwarten konnte. Die laxe Sprache deutete darauf hin, daß der Leutnant zum ewigen Schreibstubendasein verdammt
war. Nie würde der eine Kompanie befehligen! Ein Fehler in der Ver-
gangenheit? Eine Nachlässigkeit im Dienst? Westkontakte? Darauf deutete die unbekannte Frauenzeitschrift hin!
Er war mißtrauisch geworden.
Dem Unterleutnant Henning war völlig klar, daß ihn das gleiche Schicksal ereilen würde, wenn er nicht höllisch aufpaßte. Die Gratwanderung
zwischen anerkanntem Ruhm und dem völligen Absturz war in der DDR nur
in hundertstel Millimetern zu messen. Richtig sicher fühlen, daß war
völlig unmöglich! Aber Martin Henning wollte Ruhm, seiner geliebten
DDR dienen und war bereit den Preis dafür zu zahlen. Ohne das er es
ahnte, war er unbewußt nachdenklich geworden. Doch das merkte er erst
viel später. -

"Sieh zu, daß du in das 1a Zimmer des Kommandeurs kommst, die Vertei-
lung ist bereits in vollem Gange! Mich haben die nach Dresden versetzt
zum 3. Artellerieregiment, als Ausbilder. Ich fahre noch heute, morgen ist Dienstantritt!" begegnete ihm Rolf Weinreich auf einem Flur.
Hastig machte sich Henning auf den Weg und genoß es zum ersten Mal von
rangmäßig Untergebenen gegrüßt zu werden.
Im 1a Zimmer konnte er zwar die einzelnen Kameraden des Lehrgangs wie-
derfinden, nicht jedoch eine Ordnung nach der jeder vorgelassen wurde.
Auch entdeckte er nicht seinen Freund Winfried Schulz.
Jetzt, am späten Vormittag konnte der doch nicht mehr im Essig liegen,
soviel hatten sie doch gestern garnicht getrunken.
"Der Unterleutnant Zimmer wird zu Herrn Major gebeten!" sagte der 1a.

"Ach, Unterleutnant Henning ist auch schon da, das ist gut!" fügte
er freundlich lächelnd hinzu.
"Der ist jut, du bist schon da! Wir warten hier schon zwee Stunden
uff Vorlassung, nich uff dir! Versteh det nich falsch! Un nu wird
jefracht ob du schon da bist! Biste wat besonderes?" wollte Mark
Steins wissen, ebenso Unterleutnant wie er, Martin Henning.
"Lehrgangsbester biste, nischt weiter! Un det jibt dir die Ehre bevorzugt an den Drücker zu kommen, so isset doch oder nich? Ick wees
nich ob se mit dir wat vorhaben, aber richtich is det nich!" beendete
Steins seine Ausführung. Seine typisch Berliner Schnauze war allgemein
bekannt.
"Was du denkst, Steins, ist mir egal. Weder bin ich bevorzugt noch habe ich Verbindungen. Ich bin nur ein stinknormaler Soldat, nicht mehr
und nicht weniger!" antwortete Martin Henning leicht gekränkt.
In diesem Augenblick kam Winfried Schulz aus dem Majorszimmer.
"Wo gehts hin, Winfried?" wollte jemand wissen.
"Ach, Scheiß, kommandiert nach Pasewalk, Ausbildungsregiment für
mot. Schützen! Was solls, noch vier Jahre! Dann ist der Kommiss für
zu Ende!" Wütend stapfte Schulz vorbei ohne einen Blick auf seine Ka-
meraden zu werfen.
Gerade wollte sich eine erregte Debatte formieren als die knallharte
Stimme des 1a ertönte: "Unterleutnant Henning zum Major!"
Weniger als eine halbe Stunde hatte er warten müssen. Eilig versicher-
te er sich, daß die Korkade mittig saß, genau zur Hälfte über der Na-
senmitte und der Koppel völlig gerade.
"Unterleutnant Henning zur Stelle!" blaffte er die ritual notwendige
Meldung heraus.
"Stehen Sie bequem und nehmen Sie bitte Platz!" entgegnete der Major
mit freundlichem Unterton in der Stimme.
Martin nahm die Mütze ab und setzte sich in den roten Kunstledersessel, in abwartender Haltung. Er wußte nicht was die nächsten Minuten
bringen würden, vielleicht entschieden die ja über seine Zukunft.
Der Major begann zu sprechen:"Unterleutnant Henning, ich habe für unser Vaterland, die Deutsche Demokratische Republik, nur das Beste im
Auge. Sie sind Lehrgangs Bester in diesem Jahrgang! Wie ich ihrer Kaderakte entnehme sind Sie in Moskau, bei den Sowjetischen Genossen,
bereits positiv aufgefallen! Ihre großartige Auszeichnung spricht für
sie! Ich habe sie daher vorgeschlagen...." Der 1a betrat unverhofft
den Raum.
"Berlin für Sie, Herr Major! Dringend!"

"Wer?" Die pistolenartige Stimme des Majors fuhr Martin Henning durch Mark und Bein!

"Büro Mielke!" gab der 1a knapp zurück.

"Ich komme!" Er wandte sich an Henning: "Bin sofort zurück, bitte warten sie hier, klar?"

Die Tür des Nebenraums knallte deutlich hörbar zu.

Martin Henning sah sich vorsichtig um. Er wagte kaum sich zu rühren, aber dennoch war er neugierig.

Das Bild des SED Parteichefs und Staatsratsvorsitzenden hing mittig über dem Sessel des Majors. Auf dem Schreibtisch lag....., ja da lag die rot eingebundene Kaderakte. Es war seine, Martin Hennings Akte!

Nur zu gerne hätte er gewußt was in der Akte stand. Jetzt war er ohne Beobachtung und wie leicht konnte er einen Blick in die Akte werfen, ohne das jemand etwas merkte. Sollte er es riskieren?

Mit seinem strategisch geschulten Gehirn versuchte er die Möglichkeiten abzuwägen.

Es konnte sein, daß dies eine geschickte Falle war. Tappte er blindlings hinein war seine weitere Karriere zerstört.

Andererseits war der Major wirklich dringend ans Telefon gerufen worden und diese Situation wirklich ein Zufall.

Aber Zufälle dieser Art, das glaubte Martin Henning zu erkennen, waren in der DDR eigentlich nicht möglich, oder doch?

Mißtrauen hatte er in Moskau beigebracht bekommen. War dies eine Gelegenheit das geschulte Mißtrauen in praktische Erfahrung umzusetzen?

Erregt stand Martin Henning auf. Da lag seine Kaderakte und es war offensichtlich niemand da, der ihm den ersehnten Einblick verwehren würde.

Er verschränkte die Hände auf dem Rücken und blickte durchs Fenster. Was sollte er tun? Einfach die Akte lesen? Und was, wenn der Major urplötzlich zurück kam?

Martin Henning riß sich zusammen! Nein, schwor er sich, ich werde diese Gelegenheit nicht nutzen!

Wenige Minuten später ging die Tür auf: "Bitte entschuldigen sie! Es war wichtig!" rechtfertigte sich der Major und fixierte ganz genau die Akte. Sie lag noch so da wie er sie abgelegt hatte.

"Kein Blick?" fragte der Major mit Schärfe.

"Auf was? Das Bild des Staatsratsvorsitzenden?" entgegnete Martin etwas irritiert.

"Ihre Kaderakte! Sie hätten Zeit genug gehabt!"

"Ich verstehe nicht, Genosse Major!"

"Natürlich verstehen sie, Genosse Unterleutnant! Jeder andere hätte die Situation ausgenutzt und die Akte gelesen. An ihrer Stelle hätte ich das Gleiche getan! Warum Sie nicht?"

"Genosse Major! Es steht mir nicht zu in meiner Akte zu lesen! Auf dem Dienstweg kann ich mir immer einen Einblick verschaffen!" Martin wußte, daß der Dienstweg lang, sehr lang sein konnte. Aber er hatte sich darüber nur selten Gedanken gemacht.

Nunja, allzuviel Abträgliches konnte in *seiner Akte* nicht enthalten sein.

"Einverstanden, Genosse!" sagte der Major in versöhnlichem Tonfall, "ich merke, so kann ich ihnen nicht kommen! Verstehen Sie das als eine Art Prüfung. Ach was rede ich für dummes Zeug!"

Martin Henning war sich sicher, daß der Major jedes seiner Worte zurecht gelegt hatte. Es war eine Art von Instinkt, die ihn veranlaßte daran zu glauben. Und er wußte, daß er recht hatte.

"Sie haben keinerlei Westkontakte, Genosse?" wollte der Major wissen.

"Nein!" - "Keine Verwandschaft? Keine Briefe?"

"Nein, Genosse Major!"

"Dann stimmt es also, was in ihrer Kaderakte steht?" - "Ich weiß nicht was in der Akte steht, aber ich habe keinerlei Westkontakte, nicht mal übers Fernsehen!"

"Nun gut! In Ihrer Akte steht aber auch, daß sie sich in Moskau bereits einen Namen gemacht haben. Das ist gut so, machen sie so weiter! Damit wird unser Ansehen international weiter aufgebessert, Sie verstehen? Gut! Sie machen jetzt erst einmal 6 Tage Sonderurlaub! Ach ja, bevor ich es vergesse, Ihre weitere Verwendung! Haben sie einen besonderen Wunsch?"

Blitzschnell schoß Martin Henning durch den Kopf, daß man zwar Wünsche äußern konnte, aber die wurden niemals erfüllt. Ein Wunsch barg auch Gefahren in sich, Absprachen, Intrigen und Vetternwirtschaft. Jeder vermutete hinter einem geäußerten Wunsch, daß irgendetwas nicht mit rechten Dingen zugehen würde. Und deshalb wurde ein Wunsch nicht erfüllt - auch wenn es in den Medien oft anders dargestellt wurde.

"Verfügen Sie über mich, Genosse Major!" hörte sich Martin Henning selbst sagen.

"Von ihnen, Genosse Unterleutnant, habe ich keine andere Antwort erwartet. Ihr Urlaubsschein liegt beim 1a. Später sehen wir weiter wo wir sie einsetzen! Abtreten!"

Er knallte die Hacken zusammen, machte die vorschriftsmäßige Kehrtwendung besonders zackig und verließ mit strammen Schritt den Raum.

Der Urlaub war so wie ihn Martin Henning erwartete: Langweilig.
Der Vater hatte kaum Zeit. Im Milch-Wirtschaftskombinat waren frei-
willige Sonderschichten zu leisten, die Mutter fest in der Volks-
solidarität eingebunden - neben ihrem Hauptberuf als Beamtin bei der
Deutschen Reichsbahn.
Die Abende verliefen eintönig. Viel hatten sich Eltern und Sohn nicht
zu sagen.
Martin Hennings Abwechslung in dem kleinen Dorf bestand lediglich aus
dem Besuch seiner früheren FDJ-Pinoniereinheit, denen er etwas über
die NVA erzählte.
Mittags aß er in der kleinen HO-Gaststätte, deren Speisekarte ebenso
eintönig war wie die ganze dörfliche Atmosphäre. Mal gab es Kartoffeln
mit Rotkohl und Thüringer Bratwurst, falls diese geliefert wurde,
meistens waren aber von drei zur Auswahl stehenden Gerichten nur eines
verfügbar.
Für die Situation fand Martin aber Verständnis. Der Sozialismus konnte
nicht überall zugleich aufgebaut und perfektioniert werden. Ihm war
auch klar, daß die Versorgung der großen Städte Vorrang hatte und auf
dem Land mußte man halt etwas zurückstecken.
Er wischte sich mit der dünnen Papierserviette den Mund ab und wollte
gerade noch ein Bier bestellen,als die Tür der Gaststätte aufging. Die
Frau des Poststellenleiters trat ein und sah sich suchend um.
Sie entdeckte Henning am Tisch und kam zielstrebig auf ihn zu: "Herr
Henning, dieses Telegramm traf eben für Sie ein. Mein Mann hat gesehen
als sie in die Gaststätte gingen. Ich dachte, ich schaue mal ob sie
noch hier sind."
Sie blieb abwartend stehen.
Mit gespielter Gelassenheit steckte er das Telegramm in seine Hosen-
tasche: "Vielen Dank!" - "Keine Ursache! Hoffentlich nichts Ernstes,
Herr Henning!" Damit verriet sie ihre Neugierde, wie Martin blitzschnell erkannte. Wahrscheinlich hatte sie gehofft, er, Martin würde das Telegramm sofort erregt aufreißen. Der Inhalt wäre dann Tages-
gespräch im ganzen Dorf!
"Es ist nichts Besonders! Zahlen bitte!" Seine Gelassenheit erweck-
te den Eindruck, als sei er es gewohnt, täglich mehrere Telegramme zu
erhalten. ---
Unterleutnant Henning blickte gespannt durch das Fernglas. Alles war
ruhig. Drüben, beim Klassenfeind waren keine Bewegungen zu erkennen.
Die Staatsgrenze West war das wichtigste Bollwerk der sozialistischen

Staaten und so gesichert, daß kein Gegner es wagen konnte hier einen Durchbruch zu wagen. Martin Henning war überzeugt, daß sich hinter jedem Busch, jeder Mulde und jedem Gebäude Soldaten des Feindes befanden. Sie warteten nur darauf, daß die Grenztruppen der DDR nachlässig wurden, dessen war er sich sicher.

Nein, das hier, das war keine Übung mehr, das war bitterer Ernst. Erst vor wenigen Wochen hatte es einen versuchten, illegalen Grenzübertritt gegeben. Wie es hieß, hatten westliche Agenten versucht vom Osten aus westliches Gebiet zu erreichen.

Dieses Vorhaben war jedoch an der Wachsamkeit der Grenzsoldaten kläglich gescheitert, die Agenten wurden im Grenzbereich erschossen. Wahrscheinlich, so das allgemeine Gerücht, war die Staatssicherheit, kurz Stasi genannt, ihnen dicht auf den Fersen gewesen. In der Aussichtslosigkeit ihrer Lage hatten die Agenten halt versucht die Grenze zu überwinden. Daß dieses ungesetzliche Vorhaben fehlschlagen mußte, lag für Martin Henning klar und deutlich auf der Hand.

Die Wachsamkeit der Grenztruppen war eben unübertroffen. Martin Henning war stolz und glücklich seit ein paar Monaten zu dieser Truppe zu gehören.

Wie sehr ihre Wachsamkeit gefordert wurde, war ihm seit einiger Zeit klar geworden. Es galt keine Schwäche zu zeigen.

Täglich, zu einer bestimmten Uhrzeit, flogen amerikanische Kampfhubschrauber millimetergenau auf der Grenzlinie, eine provokative Patroullie der absurden Art.

Meistens waren es zwei, manchmal auch drei Hubschrauber.

Als Antwort auf dieses Vorgehen starteten dann vier oder sechs sowjetische und zwei NVA Hubschrauber und flogen demonstrativ den gleichen Kurs, ebenso millimetergenau.

Die Flakstellungen, etwa 300m vom Grenzzaun entfernt, hatten jedesmal Alarmbereitschaft.

Dem provokativen Gegner war man jederzeit haushoch überlegen.

Unterleutnant Henning legte das Fernglas in die Ablage des Trabant.

Noch war es dunkel. Eine Runde noch auf der er die Posten kontrollierte, dann war sein Dienst für heute beendet.

Der aufsteigende Frühnebel ließ den kommenden Herbst erahnen. Die Nächte waren spürbar kälter geworden als noch vor drei Wochen.

"Los, nach A14!" befahl er dem Fahrer.

"Jawoll, Genosse Unterleutnant!" entgegnete der etwas mürrisch.

Die Postenkontrolle verlief ereignislos, wie fast immer.

Natürlich wurde hin und wieder mal ein schlaftrunkener Posten ange-

troffen. Aber das war beim Nachtdienst nur zu verständlich und nie-
mals gänzlich auszuschließen, wie die Grenzerphilosophie sagte.
Aber dafür waren die Kontrollen ja da! Sie sollten schlafmützigen
Soldaten klar machen, daß ein "Nickerchen" für die Sicherheit der
DDR nicht hinnehmbar war.
Einmal wurde Toleranz geübt, ein zweites Mal deutlich verwarnt und
ein drittes Mal würde es nicht geben. Nicht bei den Grenztruppen!
Martin Henning vergewisserte sich, daß er alle Eintragungen sorg-
fältig im Streifenbuch gemacht hatte und wartete auf die Ablösung.
Sie war schon seit 15 Minuten überfällig. Einen Augenblick lang
wollte er zum Telefon greifen, verkniff es sich aber, weil die Ver-
zögerung auch eine ganz normale Erklärung haben konnte.
Er verließ den Unterstand und ließ die Tür offen. So konnte er hören
wenn das Telefon klingelte. Er lauschte in die Nacht.
Auf dem Postenweg sah er einen näher kommenden Scheinwerfer und ver-
nahm das knatternde Geräusch eines Zweitakters, wie es nur ein NVA-
Fahrzeug verursachen konnte.
Automatisch glitt die MPi in seine Armbeuge. Er entsicherte die Waf-
fe, sorfältig darauf bedacht, daß der Lauf zu Boden zeigte.
Der Wagen hielt vor dem Unterstand an. Ein Unterleutnant stieg aus.
Erkennen huschte über Martins Gesicht als der Unterleutnant näher
kam.
"Winfried Schulz, bist du es?" - "Martin! Das gibts doch nicht! Du
hier?"
"Ich dachte, du bist bei den mot. Schützen? Was machst Du denn hier so
plötzlich?"
Winfried Schulz lachte: "Der Kommiß ist doch immer gut für unerwartete
Überraschungen! Stell dir vor, bei denen wußte niemand etwas. Das
ganze war ein Irrtum! So bin ich bei diesem exklusiven Verein gelandet."
"Du bist meine Ablösung?!" - "Erstaunt? Ich auch! Ich sollte eigentlich in den Nachbarabschnitt. Runte hat sich vorhin den Knöchel ver-
staucht und Waldowski liegt mit Kotzerei im Bett. Der Alte ist zur
7. raus, eigentlich meine Aufgabe. Aber jetzt bin ich halt deine Ablösung! Gibts hier was Besonderes?"
Martin Henning verneinte. Die Übergabe machte er kurz und knapp, genau nach Vorschrift. Wenig später ließ er sich aufatmend ins Bett
fallen und war sofort eingeschlafen. -
Die Monate waren ins Land gegangen und Unterleutnant Henning mittlerweile ein erfahrener Grenzoffizier. Ein alter Hase wie man so lang-

läufig sagte.

Vor wenigen Tagen hatte Major Remmert ihm das Kommando über zwei Züge der Grenztruppen anvertraut. Das war äußerst ungewöhnlich. Aber verdeutlichte die schwierige Lage. Etliche Leutnante und Ober- leutnante waren vorübergehend nach Berlin kommandiert, mehrere andere krank und zu allem Überfluß hatte es vor einigen Tagen noch einen schweren Unfall gegeben, bei dem es 32 schwerverletzte Offiziere und Unteroffiziere gegeben hatte.

Ersatz würde es vorläufig nicht geben. Das hatte der Major ihm unter dem Siegel der Verschwiegenheit anvertraut und ihn gleichzeitig zur absoluten Geheimhaltung verpflichtet. Wenn herauskam, wie schwach die Grenze zur Zeit abgesichert wurde.....! Martin Henning wagte nicht diesen Gedanken mit allen möglichen Folgen zu Ende zu denken.

Es blieb dem Major nichts anderes übrig als die wenigen Offiziere auf Posten zu setzen, für die normalerweise höhere Dienstgrade vorgesehen waren. Auch die persönliche Zuverlässigkeit spielte eine entscheidende Rolle. Immerhin kam er mit vielem, geheimen Material in Berührung. Nahezu alles was mit der Grenze und der Sicherung zu tun hatte, war geheim.

Natürlich fühlte sich Martin stolz über das Vertrauen, das ihm Major Remmert entgegenbrachte, auch wenn der Major momentan nicht anders konnte. Wenn auch nur vorübergehend, so hatte er, Unterleutnant Hen- ning, praktisch die Funktion eines Hauptmanns. Während sein Freund Winfried Schulz bei der Nachbarkompanie "nur" die "Rolle" eines Leut- nants spielte.

Martin ertappte sich bei dem heimlichen Gedanken,in dem er hoffte, daß diese Ausnahmesituation noch lange anhalten möge. So konnte er zeigen und unter Beweis stellen was in ihm steckte. Auch hatte der Major an- gedeutet, daß seine Beförderung zum Leutnant nur noch Formsache sein würde, vorausgesetzt Martin machte seine Sache gut. Martin Henning glaubte daran, daß er seine Sache gut machen würde. -

Der 1a im Vorzimmer vom Major Remmert winkte ab, als sich Martin Henning vorschriftsmäßig melden wollte: "Gehen Sie nur gleich rein, der Major wartet schon!"

Martin erstarrte, als er die Bürotür öffnete. Neben Major Remmert stand General Leibel. Nach der Schrecksekunde baute er sich vor dem Major auf: "Unterleutnant Henning wie befohlen zur Stelle!" - "Danke, Genosse! Stehen Sie bequem! Sie kennen General Leibel?" "Nur dem Namen nach, Herr Major!"

"Na, Genosse Unterleutnant, dann lernen Sie mich heute mal persönlich kennen!" lächelte der General freundlich und grüßte kurz, "Sie sind also Unterleutnant Martin Henning. Ihr Major hat mir viel von ihnen erzählt. Machen sie weiter so, Unterleutnant, und sie werden es noch weit bringen."
Martin Henning hatte noch nie Kontakt mit einem leibhaftigen General und hatte daher keine Ahnung ob er etwas erwidern sollte oder nicht. Der General, ein väterlich wirkender Mann, etwa Mitte fünfzig, machte auf ihn einen eher angenehmen Eindruck. Mit Sicherheit hatte er schon bei der faschistischen Armee gedient. Das Wort Wehrmacht gab es in Martin Hennings Gedanken nicht. Nach dem Scheitern des Hitler-Imperialismus, den jetzt die westdeutschen Kapitalisten in anderer Form weiterführten, hatte sich der General zum Sozialismus bekannt. So oder so ähnlich mußte es gewesen sein, diese Gedanken schossen dem Unterleutnant in Bruchteilen von Sekunden durch den Kopf.
"Ein bißchen jung, finden Sie nicht Herr Major?" sinnierte der General und sah Major Remmert fest an.
"Beste Beurteilungen, Herr General und außerdem der Beste und zuverlässigste Offizier im Kompaniebereich, den ich zur Zeit habe." gab Major Remmert zurück.
"Naja, Remmert, das ist schließlich ihr Unternehmen und sie müssen es besser wissen wie ich! Trauen Sie dem Unterleutnant diese schwierige Aufgabe zu?"
Das Wort Aufgabe elektrisierte Martin schlagartig und sofort war er hellwach geworden. Anscheinend stand etwas bevor und man hatte vor, ihn, Martin Henning, damit zu beauftragen. Wie immer, wenn etwas Besonderes an ihn herangetragen wurde, schon alleine die Erwartung um was es sich handeln könnte, ließ es ihm kalt den Rücken herunter laufen.
"Unbedingt, Herr General. Wenn einer, dann der Genosse Henning!" gab der Major überzeugt zurück.
"Gut, wenn sie meinen, dann muß ich wohl zustimmen!" General Leibel wandte sich an Martin: "Unterleutnant Henning, Sie kennen unsere derzeitige Lage. Der Engpaß an Offizieren in unserem Grenzabschnitt ist ihnen bewußt?" - "Jawohl, Herr General!" entgegnete Martin.
"Was sie wahrscheinlich nicht wissen werden," begann der General und fügte gleich hinzu, daß alles was der Unterleutnant Henning jetzt hören würde, strengstens geheim sei.
Staatsbesuche gleichzeitig in der Hauptstadt (der DDR, der General vermied unauffällig die offizielle Sprachregelung "Hauptstadt der

DDR") und Berlin West (nicht Westberlin wie es offiziell hieß) hatte
den Abzug etlicher Grenzsoldaten notwendig gemacht. Außerdem sollte in
Potsdam ein Gipfeltreffen stattfinden und deshalb wurden noch mehr
Soldaten zur Absicherung in und um Berlin benötigt. Zu allem Unglück
war da noch der tragische Unfall, der zusätzlich die Kräfte an der
Staatsgrenze West geschwächt hatte. Zu allem Überfluß kam jetzt auch
noch die Deutsche Reichsbahn an. Die stillgelegte Eisenbahnstrecke,
die inmitten von Martin Hennigs Grenzbereich lag und nach Westen
führte sollte abgebaut werden. Zwar hatte das Grenzsicherungskommando
Mitte energisch protestiert, daß ausgerechnet jetzt die Abbaumaßnahmen
beginnen sollten, aber die Begründung der Reichsbahn zur Erfüllung der
Schrottnorm hatte offensichtlich höheres Gewicht als die Proteste der
Grenztruppen. Von ganz oben war die Weisung gekommen, so der General.

"Zu allem Überfluß kommt da noch ein Signalmast, ein Hauptsignal, das
früher von dem kleinen Bahnhof, der jetzt als Unterkunft genutzt wird,
gesteuert wird. Das Signal steht exakt 80 cm auf BRD-Gebiet, bei Km
3,314 und gehört unterhaltstechnisch zur Reichsbahn. Die Bahnstrecke
selbst ist seit 11 Jahren nicht mehr befahren worden. Nach Abbau der
Schienen wird das alte Grenztor durch einen festen Zaun gesichert.
Soweit der Hintergrund. Major Remmert, fahren sie bitte fort!"
"Genosse Unterleutnant!" begann der Major und sah Martin fest an: "Sie
werden einen Plan erarbeiten, damit die Arbeiten zügig beginnen und
beendet werden. Legen Sie besonderen Wert auf Sicherungsmaßnahmen wenn
die Genossen der Reichsbahn *westlich* des Grenzzauns, aber noch auf dem
Staatsgebiet der DDR arbeiten! Sie haben 4 Tage Zeit und berichten mir
persönlich. Die Sache ist natürlich streng geheim! Nennen Sie mir eine
Person Ihres Vertrauens, der als Ihr Melder und ZBV fungiert!"

Martin Henning war wie betäubt. Tausende von Gedanken schossen ihm
gleichzeitig durch den Kopf. Wenn *das* keine Aufgabe nach seinem
Geschmack war, dann konnte er sich keine andere vorstellen, die höhere
Anforderungen an ihn stellte. Nüchtern stellte er sekundenschnell
fest, daß er, Martin Henning, größtes Vertrauen bei seinen
Vorgesetzten genoß. Es konnte durchaus sein, daß seine strategischen
Überlegungen, für die er immerhin in Moskau eine Auszeichnung bekommen
hatte, hier eine gewichtige Rolle spielten.
"Ich möchte den Unterleutnant Winfried Schulz als ZBV!" hörte sich
Martin sagen.

"Warum ausgerechnet Schulz?" wollte der Major wissen,"Sie kennen doch unsere Situation!"

"Unterleutnant Priebke ist nach meiner Auffassung ein Schwätzer, Uffz Radtke ein Spinner und Uffz Tretsch eine Null und nicht für solche Aufgaben geeignet." entgegnete Martin bestimmt.

"Wenn der Unterleutnant Henning den Schulz haben möchte, dann soll er ihn auch bekommen." mischte sich der General ein. "Die Gründe halte ich für plausibel!"

"Natürlich, Herr General!" beeilte sich Major Remmert zu versichern. "Nachdem jetzt die Einzelfragen geklärt sind, möchte ich mich verab- schieden, Herr Major Remmert wird alles Weitere mit ihnen besprechen. Ich bitte mir eine reibungslose Durchführung aus, Unterleutnant Hen- ning. Sie persönlich sind mir für den Erfolg der Operation verantwort- lich! Jegliche Unterstützung erhalten Sie durch Major Remmert!"

Mit einem Händedruck verabschiedete sich General Leibel. -

"Das ist ja'n Ding, daß du ausgerechnet mich als ZBV auserkoren hast. Klar, daß ich fast alles mache was du willst!" Winfried Schulz sah auf den Einschnitt hinunter durch den die Bahnstrecke führte.

"Sehen wir uns mal das Grenztor an! Hast du die Schlüssel?"

Winfried klopfte auf die Rocktasche: "Denkst du, ich vergesse die? Nicht mit mir!"

"Na, dann mal los!"

Sie stapften über den Schotter der schon lange stillgelegten Eisen- bahntrasse. Bis zum ersten Tor waren es noch zweihundert Meter. Etwa 50 Meter weiter gab es ein zweites Tor, die letzte Barriere in den Westen und weitere 20 Meter weiter westlich verlief die eigentliche Staatsgenze der DDR.

"Halt! Stehenbleiben! Grenzposten der DDR!" tönte eine Stimme aus dem Gesträuch der Böschung. "Erkennung?" wollte der wachsame Posten wis- sen.

Martin Henning und Winfried Schulz blieben, wie vom Posten angewiesen, ruckartig stehen. Vorsichtshalber, um kein Mißverständnis aufkommen zu lassen, hoben sie die Hände leicht an. Weitweg von ihren Waffen.

"Unterleutnant Henning und Unterleutnant Schulz, Sonderausweis A!" sagte Martin ruhig in die Richtung der Stimme.

"Bleiben Sie ruhig stehen! Keine Bewegung!" befahl der Posten, "Matzke und Tschacher, vor! Ausweiskontrolle!" blaffte der Posten zu den bis- lang unsichtbaren Soldaten.

Die beiden Soldaten studierten sorgfältig die Ausweise, die Sonderaus-

weise der Gruppe A berechtigten zum uneingeschränkten Betreten aller
Grenzanlagen im betreffenden Gebiet.

"Alles in Ordnung!" rief einer der Soldaten zum Posten.

Der Soldat, der sie zuerst angerufen hatte kam herbei geeilt und machte militärisch stramm seine Meldung: "Unteroffizier Kowski, Grenzposten einhundertdrei und 4 Mann zur Stelle! Keine besonderen
Vorkommnisse!"

"Danke Genosse! Unterleutnant Schulz und ich haben besonderen Auftrag
im unmittelbaren Grenzbereich," entgegnete Martin mit einer Schärfe in
der Stimme, die er von sich nicht kannte, "Lassen Sie zwei Mann zur
Deckung unseres Auftrages dort in Stellung gehen!" - "Jawoll, Genosse
Unterleutnant!"

Über die verrosteten, aber scheinbar noch intakten Schienen, erreichten sie das erste Grenztor. Mit einiger Mühe öffnete Winfried Schulz
das Schloß: "Muß jahrelang nicht benutzt worden sein!" entschuldigte
er sich bei Martin. Mit einem gewissen Kribbeln im Bauch betraten sie
den Raum zwischen den Toren.

"Martin, sieh dir das an! Rechts und links der Schienen, alles
vermient! Wir haben zwar allerhand über die Grenze gelernt, aber das?"
flüsterte Winfried erregt.

Auch Martin Henning sah die unscheinbaren Hinweise, die auf Mienen
hindeuteten. Zwischen den Gleisen bis zum nächsten Tor lagen keine
Mienen, das wußte Martin aus den Plänen, die er beim Major hatte einsehen dürfen.

"Weiter, auf dem Gleisbett zwischen den Schienen besteht keine
Gefahr!" versicherte Martin Henning.

Sie erreichten das zweite Tor. Der Schlüssel paßte und mit leichtem
Klicken sprang das Schloß auf. Einige weitere Schritte und sie sahen
das, was nur ganz wenige Angehörige der Grenztuppen jemals sahen.

Sie sahen, etwa 10 Meter *westlich* des zweiten Grenztores zum ersten
Mal die Grenzanlagen von der anderen Seite!

Für Martin Henning war es ein überwältigendes Gefühl. Er sah nach
rechts und links. Soweit das Auge reichte sah er den Grenzzaun, den
er persönlich für undurchdringbar hielt, weder von Ost- noch von
Westseite. Nur wenige Meter und er wäre auf dem Gebiet des imperi-
alistischen Westens. Aber dorthin zog ihn, Martin Henning, Gott sei
Dank nichts, absolut nichts.

Auch Winfried Schulz sah sich um: "Mensch, Martin! Nur wenige Meter
und wir wären in einer anderen Welt! Komisch, nicht?"

Interessiert sah Martin, daß auch im Westen die Bäume grün und momen-

tan der Himmel auch blau war. Von Ferne leuchteten rote, scheinbar
gepflegte Hausdächer eines grenznahen Dorfes. Das alles so ruhig und
still war, hatte der Unterleutnant nicht erwartet. Er hatte erwartet,
daß Schulz und er von einer Schar Soldaten erwartet wurde, die aus
nahegelegenen Stellungen hervorkommen würden.
Aber alles blieb still, nur die Vögel zwitscherten ihr Lied in den
noch jungen Tag.
Sie gingen noch wenige Meter weiter, fast bis zum Grenzpfahl, der
rechts neben dem Gleis stand. Da war auch das Signal, das unverkenn-
bar auf dem Gebiet der BRD stand. Auch der Draht, der zum Stellen des
Signals diente war deutlich zu sehen. Dieser Draht verlief ganz klar
nach Osten bis zu dem kleinen Bahnhof, der seit Jahren außer Betrieb
war.
Soweit Martin Henning sehen konnte, war der Schienenstrang weiter nach
Westen nicht gepflegt und würde wohl ohne größeren Aufwand nie wieder
befahren werden können. Für seine Vorgesetzten war das eine sicherlich
interessante Sache und Martin beschloß die Beobachtung in seinen
Bericht aufzunehmen.
"He, Martin, da kommt ein grüner VW!" wurde er von Winfried aus seinen
Überlegungen gerissen. Tatsächlich, da kam ein VW-Käfer mit Polizeibe-
schriftung auf sie zu. "Wollen wir zurück?" fragte Winfried.
"Nein, wir warten ab!" entgegnete Martin unsicher.
Der PKW hielt und zwei Männer in grünen Uniformen stiegen aus. Martin
erkannte, daß es sich um West-Polizisten handelte. Die Uniformen der
West-Polizei standen fast in jedem Handbuch über den Klassengegner.
"Guten Morgen, Jungs!" grüßten sie freundlich.
Unbewußt tastete Martin nach seiner entsicherten Pistole. Ohne seine
Mpi fühlte er sich fast hilflos. Aber Major Remmert hatte gesagt:"Kei-
ne MPi! Nicht auf der anderen Seite des Grenzzauns!"
Dabei war es geblieben.
"Laß deine Kanone stecken, Kamerad! Wir fressen niemand!" lachte der
eine West-Polizist.
Martin hatte keine Ahnung, ob er etwas erwidern sollte oder nicht. Er
tat so als ob er sich das Signal genau ansah.
"Wir fressen auch keinen!" ließ sich Winfried Schulz vernehmen.
"Unterleutnant, halten Sie gefälligst ihren Rand!" ranzte Martin seinen besten Freund ungewöhnlich heftig an und hatte sich noch rechtzeitig darauf besonnen, daß man sich bloß nicht mit Namen ansprechen
darf, damit der Feind keine Rückschlüsse ziehen konnte!

Das Brummen eines näher kommenden Motors war zu hören. Es kam von der
Westseite her, es konnten also keine Genossen sein.
Der Jeep hielt fast an der Grenzlinie, drei Amerikaner sprangen
heraus, die ersten, die Martin Henning leibhaftig zu Gesicht bekam.
Ein baumlanger Sergant der US-Armee wandte sich an Henning, wohl weil
er annahm, daß er hier das Kommando hatte: "Okay Boys, ihr wollt
dieses verdammte Signal!"
"Es gehört zum Unterhaltungsbereich der Deutschen Reichsbahn und ist
Eigentum der Deutschen Demokratischen Republik!" entgegnete Martin
Henning vorsichtig und hätte nur zu gerne gewußt woher der Amerikaner
seine Informationen hatte.
"Das Signal steht auf dem Boden der Bundesrepublik Deutschland und
nicht in der Sowjetischen Zone. Ist das klar, old Boy?" herrschte der
Sergant Henning an, "Genau gesagt steht es im amerikanischen Sektor!
It's clear?"
"Gemäß den Übereinkünften mit den Sowjetischen Genossen, den Amerika-
nern und der Reichsbahn darf das Signal nach meiner Information abgebaut werden!" entgegnete Martin immer noch vorsichtig.
"Look here, Soldat!" Der Amerikaner nahm ein Maßband aus dem Jeep und
maß ab Grenzlinie:"That sind exact 74cm. Nicht einer eurer Ärsche darf
sich auf dem Boden soweit in unsere Zone bewegen. Bis hier," er malte
mit Ölkreide einen Strich auf die Schienen, "geht das Gebiet der ver-
fluchten Reichsbahn, keinen Millimeter weiter! Euer verdammtes Scheiß-
signal könnt ihr mitnehmen! Aber wehe einer von euch wagt es auch nur
einen einzigen Grashalm oder Stein zu berühren! Wenn dies geschieht,
dann blasen wir euer verfluchtes Kommunistenhirn in die Umlaufbahn des
verdammten Jupiters!" Fluchend wandte sich der Amerikaner ab.
Heiß und kalt lief es Martin den Rücken herunter. Eine solche, freche
Drohung hatte er nicht erwartet.
Die Amerikaner kümmerten sich nicht weiter, stiegen in ihren Jeep und
fuhren ab. Zurück blieben zwei fassungslose Soldaten der Grenztuppen
der DDR und zwei westdeutsche Polizisten.
Unterleutnant Henning war verzweifelt. Das Unternehmen "Signal" drohte
zu scheitern, bevor es überhaupt begonnen hatte. Kalte Wut stieg in
ihm auf, drohte sein sonst so nüchtern arbeitendes Gehirn lahmzulegen.
"Mensch, Jungs, macht nicht so ein Gesicht!" sagte einer der Polizisten, "Die Amis sind zwar hart in ihrer Ausdrucksweise, aber sonst ganz
in Ordnung. Sie haben ja gesagt, ihr könnt das Signal abbauen. Nur ihr
dürft den bundesdeutschen Boden nicht berühren. Und glaubt
mir, die ballern ohne zu zögern drauflos, wenn auch nur ein einziger

Grashalm von euch berührt wird. Das geht soweit, daß die den dritten
Weltkrieg wegen eines Signals anfangen!"
Martin besann sich auf die Anweisung des Generals. Danach war es ihm
unter Androhung von Strafe untersagt auf provokative Äußerungen ebenso
provokativ zu reagieren.
Zwar hätte er am liebsten über die unverschämten Amerikaner noch etwas
gesagt, aber er besann sich eines Besseren. Es galt, die gestellte
Aufgabe zu lösen und das möglichst bald. Etwas anderes zählte nicht!
"Wenn ich richtig verstanden habe," begann er vorsichtig und wendete
sich einem der Polizisten zu, "dann darf das Signal durch die Reichsbahn abgebaut werden, aber die Reichsbahner müssen sich auf dem Terri-
torium der DDR aufhalten?"
"So und nicht anders!" bestätigte der Polizist.
"Ein um ca 100cm verlängerter Waggon könnte akzeptiert werden? Ohne
das die Räder das Gebiet der DDR verlassen?" fragte Martin weiter.
"Ich denke schon. Das käme den Amis entgegen. Auf der Plattform, die
in unser Gebiet ragt, dürfen sich allerdings keine Angehörigen der re-
gulären Truppen oder die der Sowjets befinden." befand der Polizist,
"Wann soll der Abbau beginnen?" wollte er wissen.
"Nähere Informationen habe ich noch nicht. Wenn wir hier auf dem kleinen Dienstweg in Kontakt bleiben könnten, wäre das für beide Seiten
hilfreich. Für Sie und für uns!" stellte Martin zur Diskussion.
"Einverstanden!" entgegnete der Polizist, "Die Streifen werden infor-
miert und hier an dieser Stelle ist das nächste Treffen zwischen ihnen und uns! Übrigens mein Name ist Frank Thiele!"
"Ich werde nach Ihnen fragen!" Martin merkte, daß es der West-Polizist
gut meinte, aber er, Martin, durfte auf keinen Fall seinen Namen
verraten.
Nachdem beide Grenztore wieder sorgfältig verschlossen waren, sagte
Winfried urplötzlich: "Mensch, Martin! Das wäre eine Gelegenheit gewesen, um die uns mancher beneiden würde!"
Was Winfried damit meinte war Martin klar! Nicht jeder, der den Grenztruppen angehört, hatte die Möglichkeit sich dem Gegner so weit zu nä-
hern. Strategisch gesehen waren hier wertvolle Informationen über den
Klassenfeind zusammen gekommen, die es lohnten, weitergegeben zu werden. Daß es Winfried aber ganz anders gemeint haben könnte, auf diese
Idee kam Martin nicht......... -
"....entnehme ich Ihrem Bericht, Genosse Unterleutnant, daß das Unternehmen durchführbar ist!" Major Remmert setzte sich und blätterte die
Seiten durch. Bis ins kleinste Detail hatte Martin Henning den gestri-

gen Tag geschildert.

"Die Amerikaner, da muß ich ihnen zustimmen, Genosse Unterleutnant, sind nach unser Auffassung wirklich unter aller Sau. Das sagen auch die sowjetischen Armeegenossen, die schon mal Kontakt gehabt haben! Wir müssen uns doch allen Ernstes fragen, was das für eine Sorte Menschen ist. Mit Ihrer Begegnung, Henning, ist klar, daß wir, die Sozialisten und Kommunisten auf längere Sicht gesehen dem BRD-Imperialismus und Revanchismus, sowie dem amerikanischen Kapitalismus doch völlig überlegen sein müssen!"

Der Major machte eine Pause, wie es Martin Henning erschien, erwartete er auch keine Antwort.

"Gegen ihren Plan, Unterleutnant Henning, ist absolut nichts einzuwenden. Ich denke, General Leibel stimmt dem auch zu. Ich selbst könnte keinen besseren Plan entwerfen! Wenn alles nach ihrem Plan gelingt, soviel kann ich Ihnen schon jetzt verraten, fallen sie auf der Karriereleiter steil nach oben."

Auf die letzten Worte bildete sich Martin Henning nicht allzuviel ein. Zuviel konnte schief gehen, dessen war er sich sicher.

Eine Alternative hatte der Major Remmert oder General Leibel auch nicht zu bieten, also war sein Plan, der Plan von Martin Henning, der beste. Soviel schien sicher.

Martin selbst gab sich Rechenschaft darüber, daß jeder andere Offizier durchaus in der Lage wäre einen ähnlichen, vielleicht sogar besseren Plan zu entwerfen. Warum sollte nach höherer Beurteilung ausgerechnet sein Plan so gut sein?

Für nicht ganz unwahrscheinlich hielt Martin seine Überlegung, daß sowohl Remmert wie auch Leibel ganz einfach über kaum Vorstellungskraft verfügten. Sie hatten ganz einfach keine Ideen!

Aufgrund ihres Ranges war es doch ganz einfach, diese Angelegenheit nach "unten" zu delegieren. Immerhin konnte einiges schief gehen. Gesetz den Fall, es ging etwas schief, so gab es nur einen einzigen Verantwortlichen: Er, Martin Henning!

Er würde geschaßt werden, nicht Major Remmert und schon garnicht General Leibel.

Zum allerersten Mal in seiner militärischen Laufbahn kamen Martin Henning Zweifel. Zweifel, ob er den Kampf um die silbernen Sterne bestehen würde.-

Die schwere Diesellok der Reichsbahn schob einen Materialwagen und mehrere Flachwagen vor sich her und brummte in langsamer Fahrt in Richtung Grenze. Der Abbauzug.

Die reguläre Truppe in diesem Grenzabschnitt war um vier komplette
Züge verstärkt worden. Weiter hinten, in einem Gelände, daß der Feind
nicht einsehen konnte, standen mehrere Schützenpanzer sowie eine voll-
motorisierte Reserveeinheit zum möglichen Einsatz bereit.
"Am Hügel gegenüber sind zwei amerikanische Panzer zu sehen!" meldete
Winfried Schulz seinem Chef, dem Unterleutnant Henning.
"Weiter wie geplant!" befahl Martin Henning.
Er verschränkte die Hände hinter dem Rücken und ging auf das erste
Grenztor zu. Den Schlüssel hatte Winfried Schulz in der Tasche.
Neben dem Tor stand ein kriegsstarker Zug Grenzsoldaten, bereit die
Grenze zu verteidigen. Der Funker, kaum als solcher zu erkennen, hielt
sich in Martins Nähe auf.
Als sich das *letzte Grenztor* öffnete, sah Henning die beiden
Polizisten von neulich. Sie winkten, aber Martin Henning tat so als
hätte er das nicht gesehen.
Quietschend kam der Zug noch vor dem ersten Grenztor zum stehen.
"Unteroffizier!" befahl Martin barsch, "Nehmen Sie Ihre Gruppe und
durchsuchen Sie jede noch so kleine Ritze! Jeden Waggon! Auch die Lok!
Schulz, zu mir! Wir machen die Personenkontrollen!"
Natürlich war der Zug schon dreimal durchsucht worden und natürlich
waren die Arbeiter der Reichsbahn schon mehrfach kontrolliert worden.
Doch Henning war gewillt jedes noch so kleine Risiko auszuschalten.
Die Soldaten waren so postiert, daß sie bei einem Fluchtversuch sofort
und ohne Warnung schießen konnten.
Den Arbeitern und den Soldaten, die auf die Westseite der Grenzanlagen
mußten, wurde noch einmal sehr eindringlich gesagt, daß sie mit "denen
da", gemeint waren die West-Polizisten und die paar Mann vom BRD-
Grenzschutz, kein Wort zu reden und auf nichts zu reagieren hätten.
"....und wer etwas versucht, das gegen die Gesetze der Deutschen
Demokratischen Republik verstößt, bekommt etwas vor den Latz geknallt,
bevor er es merkt!" beendete Winfried Schulz, Martin Hennings rechte
Hand, die letzten Instruktionen.
Soweit Martin es beurteilen konnte, arbeiteten die Reichsbahner zügig,
jedoch ohne Hast, genauso wie ihnen befohlen war. Die Demontage des
Signals war bisher ohne Zwischenfall verlaufen. Selbst die Amerikaner
mit ihrer großen Fresse hatten sich nicht blicken lassen. Zwar hatten
die BRD-Leute versucht ein Gespräch in Gang zu bringen, aber weder die
Reichsbahner, noch die Soldaten hatten überhaupt reagiert, ganz wie
befohlen.

Entgegen Martins Befürchtungen hatte sich bisher nichts ereignet. Wenn
alles klappte, und es sah ganz danach aus, dann konnte schon morgen
der Kran kommen und die auf DDR-Gebiet liegenden Schienen aufnehmen.
Und übermorgen, so Martin Hennings Überlegungen, würden die Pioniere
anrücken, die Grenztore ausbauen und durch einen festen Zaun ersetzen.
Am frühen Nachmittag war das Signal sicher verladen, der Zug hatte das
Grenzgebiet wieder verlassen. Die Grenztore, davon hatte sich Martin
Henning selbst überzeugt, waren wieder ordnungsgemäß verschlossen.
Ruhe breitete sich wieder aus. Nicht jedoch für Martin Henning.
Major Remmert hatte ihn und Winfried Schulz für eine zusätzliche
Nachtschicht eingeteilt.
"Ein Oberstleutnant Schatow, direkt aus Berlin, wird hier heute Nacht
auftauchen und für den Abschnitt eine Schwachstellenanalyse anferti-
gen. Das gilt für die alte Bahnstrecke in Richtung Westen! Henning,
ich habe keine Ruhe, wenn sie nicht vorne sind!" hatte der Major seinen Entschluß begründet.
Martin hatte für den Major Verständnis, er konnte nicht anders
handeln. Es war nur ein Glück, daß Winfried Schulz ebenfalls mit von
der Partie war und schon vorher in den Unterstand vorfuhr. Er, Martin, würde später dazu kommen. -
"A13 und A14 sind auf dem Posten!", machte Winfried Schulz in dem
kleinen Bunker seine Meldung an Martin Henning, "Keine Vorkommnisse!"
fügte er hinzu.
"Wenn nur dieses Scheißwetter nicht wäre! Es sollte doch nicht reg-
nen!" entgegnete Martin unwirsch.
Aber, Tatsache war, daß es wie aus Kübeln goß.
Martin konnte sich kaum vorstellen, daß bei diesem Wetter ein Oberstleutnant extra aus Berlin kommen würde, nur um hier ein paar Studien
zu treiben, nur um Schwachstellen an der Grenze ausfindig zu machen,
die es nach Martins Empfinden gar nicht gab.
Aber wahrscheinlich brauchten höhere Offiziere hin und wieder einmal
eine Aufgabe. Und für das Wetter konnte niemand etwas.
Der eintönige Dienst verlief ereignislos. Martin und Winfried
unterhielten sich relativ einsilbig. Sie kannten sich lange genug und
hatten sich schon fast alles erzählt was es zu erzählen gab. Im ab-
gedunkelten Bunker hatten sie die Tür offen gelassen, damit die
aufgestaute Hitze der letzten Tage etwas abziehen konnte. Der dichte
Regen war dazu besonders geeignet. Der Dienstwagen der Marke Trabant
stand unmittelbar neben dem Unterstand.
Telefonisch kontrollierten sie in unregelmäßigen Abständen die Posten.

Auch hier gab es nichts Aufregendes, außer das man über das Wetter
schimpfte. Eine solche Nacht nahm kein Ende und es waren noch gut drei
Stunden bis zur Ablösung.

Als das Telefon klingelte, wußte Martin Henning gleich, daß die
Ankunft des Oberstleutnants unmittelbar bevorstand. Er sollte recht-
behalten, denn A13 meldete, daß der Oberstleutnant in Richtung
Kommandobunker aufgebrochen sei. Zu Fuß waren es nur etwa 7 Minuten.
Martin rückte den Koppel zurecht und legte die Waffe griffbereit.
Schulz stand vor dem Unterstand, genau wie es die Vorschrift verlangte. Zwar wurde es ganz allgemein gerade mit dieser Vorschrift nicht so
genau genommen, das schon garnicht bei diesem Wetter. Aber bei einem
Oberstleutnant aus Berlin, wahrscheinlich direkt aus dem Generalkomman-
do und den dazu niemand kannte, war es besser die Vorschriften exakt
einzuhalten.

"Halt! Wer da?" hörte er Winfried rufen.
Martin griff zur Waffe und stellte sich in den Eingang neben Schulz.
Vorher hatte er noch das Licht vorschriftsmäßig abgedunkelt.
"Parole: Sieg des Sozialismus!" kam es aus dem Dunkel zurück.
"Treten Sie näher und geben Sie sich zu erkennen!" verlangte Schulz.
"Oberstleutnant Schatow wie gemeldet!"
Martin ließ dem Oberstleutnant, wie es sich gehörte, den Vortritt,
während Winfried Schulz vor der Tür weiter Wache hielt.
Nach dem Austausch der Förmlichkeiten erstattete Martin Bericht über
die gestrigen Abbaumaßnahmen an der Bahnstrecke.
Schatow nickte während des Berichtes mehrfach zustimmend und unter-
brach Martin Henning nicht.
"Soweit ist alles gut verlaufen, Genosse Unterleutnant! Ist das benö-
tigte Material vorrätig?" - "Jawohl, Genosse Oberstleutnant, seit 4
Tagen bereit zum Einbau!" gab Martin Henning militärisch knapp zurück.
"Gut! Dann möchte ich mir jetzt die Karten mit den neuen Sicherungs-
maßnahmen ansehen! Sie haben sie dabei, Unterleutnant?"
"Jawohl, Genosse! Draußen im Wagen!"
Erstaunt sah der Oberstleutnant Martin an. "Draußen im Wagen?" fragte
er ungläubig. Martin Henning bestätigte.
"Sie lagern streng geheimes Kartenmaterial draußen in Ihrem Wagen,
während Sie sich hier im Bunker aufhalten? Sie lassen geheime Karten
ohne Aufsicht?" Die Stimme des Oberstleutnants war gefährlich ruhig.
"Die Karten sind in einer verschlossenen Aktentasche!" erwiderte
Martin irritiert.
"Dann holen sie sie und zwar jetzt auf der Stelle!"

"Genosse Oberstleutnant, im Falle eines Alarms...." wollte Martin er-
klären.
"Die Tasche, sofort!" unterbrach ihn Schatow mit messerscharfer
Stimme, aber immer noch gefährlich ruhig.
Der Regen hatte etwas nachgelassen als Martin die Tasche aus dem Tra-
bant nahm. Sie kam ihm etwas schwerer vor wie sonst. Aber weil er in-
nerlich aufgeregt war, schrieb er das seiner nervösen Einbildung zu.
"Bitte überzeugen Sie sich, Genosse Oberstleutnant, daß die Tasche un-
versehrt und fest verschlossen ist!" Martin Henning stand stramm.
"Schon gut," sagte Oberstleutnant Schatow wesentlich ruhiger wie eben,
"geben sie mir den Schlüssel."
"Bitte, Genosse Oberstleutnant!"
Der Oberstleutnant schloß die Tasche auf und griff hinein. Er zog
einen kleinen Packen bunter Hefte aus der Tasche.
Unterleutnant Henning wurde kalkweiß.
"Was ist das?" stotterte der Oberstleutnant fassungslos. Sein
aschfahles Gesicht wurde übergangslos vor Wut und Zorn rot: "Was ist
das für ein Schweinekram?" brüllte er los.
Immer noch starr vor Schreck sah Martin Henning auf die bunten Hefte,
die der Oberstleutnant außer sich vor Wut auf den Tisch geworfen hatte. Es waren nackte Männer abgebildet, die es ganz offen miteinander
trieben. Homosexuelle Pornohefte gab es in der ganzen DDR nicht, soviel wußte Martin. Sie konnten nur aus dem Westen stammen.
Martins Überlegungen dauerten nur den Bruchteil einer Sekunde. Während
Schatow wie ein Wilder herumtobte wurde Henning schlagartig klar, daß
seine militärische Karriere hier in diesem Bunker zu Ende sein würde.

Durch das Gebrüll des Oberstleutnants aufmerksam geworden war Win-
fried Schulz in den Unterstand gekommen.
"Sie sind mein Zeuge, Unterleutnant Schulz!" fuhr ihn Schatow an.
"Jawohl, Genosse Oberstleutnant!" Schulz stand stramm.
"Diese Aktentasche ist die des Unterleutnant Henning?" - "Jawohl!"
Die Stimme des Oberleutnants war ruhig und sachlich als er fortfuhr:
"In dieser Tasche sollten sich Karten befinden, die der absoluten
Geheimhaltung unterliegen. Anstatt der Karten befanden sich darin
Hefte mit - wie sie sehen - schmutzigem Inhalt!"
"Jawohl!" bestätigte Winfried Schulz.
Schatow wandte sich an Martin Henning: "Unterleutnant Henning! Wel-
che Erklärung haben sie für diesen Vorfall?"
"Keine, Genosse Oberstleutnant!" Martins Stimme war tonlos, "Es sind

weder meine Hefte noch habe ich eine Ahnung....."

"Schweigen Sie!" unterbrach ihn Schartow barsch und sah auf die Uhr,
"In etwa 30 Minuten holt mich mein Fahrer hier ab. Die weitere Unter-
suchung des Vorfalls findet in der Kaserne statt. Unterleutnant Henning! Kraft meiner Vollmachten verhafte ich sie vorläufig und enthe-
be sie ihres Postens! Unterleutnant Schulz!" - "Genosse Oberstleutnant?"

"Bis mein Fahrer kommt wird der Verhaftete hier eingesperrt! Wir
warten draußen! Das Beweismaterial und die Waffen nehmen wir mit raus!
Ich möchte nicht die gleiche, schmutzige Luft atmen wie dieser Sabo-
teur!"

Die Tür des Bunkers knallte zu und der Schlüssel drehte sich im
Schloß. Martin Henning war alleine. Er setzte sich.

Sein Schock saß tief aber sein analytisches Gehirn arbeitete an einer
Erklärung für diesen unglaublichen Vorfall.

Ganz klar, seine militärische Laufbahn war zu Ende. Auch wenn sich
seine Unschuld herausstellte, in seiner Kaderakte würde dieser Vorgang noch in etlichen Jahren zu lesen sein. Jeder Makel, auch nur der
Anschein eines Verdachtes reichte aus, um Karrieren restlos zu zer-
stören. Martin schob die Gedanken an seine Zukunft erst einmal beisei-
te. Viel wichtiger war die Frage, warum die Karten nicht in der Tasche
waren. Winfried Schulz, das hatte Martin genau gesehen, hatte die
Karten doch in die Aktentasche und anschließend in den Tresor gepackt.
Nur Major Remmert und der 1a hatten Tresorschlüssel und hier mußte
auch die Lösung des Rätsels liegen. -

Das Knirschen des Schlüssels riß ihn aus seinen Überlegungen.
"Schnell, Martin! Wir haben keine Sekunde zu verlieren!" Winfrieds
leise Stimme war hastig.

"Was ist?" wollte Henning wissen, "Und wo ist Schatow?" - "Ich habe
Schatow kalt gestellt!" - "Was, du hast ihn....." - "Ach wo. Der ist
im Trabi und pennt vorläufig. Wahrscheinlich täumt er von dir! Aber
jetzt los!"

"Wohin? Uns kiegen die doch überall!"

"Überall? Nee, überall kriegen sie uns nicht!"

Eiskalt lief es Martin den Rücken herunter: "Was, du willst rüber zum
Gegner?" Henning war fassungslos: "Ohne mich! Ich bleibe hier und
stelle mich der Verantwortung!"

"Martin, die schwulen Hefte gehören mir! Du stehst unter Verdacht!
Niemand wird dir glauben - und mir auch nicht! Selbst dann nicht, wenn
ich denen erzähle, daß es meine Hefte sind! Und jetzt komm endlich!"

"Du hast mir diesen Scheiß eingebrockt? Du, Winfried, mein bester
Freund?"
Tränen schossen in Martins Augen. Der Schock über das Gehörte ließen
die Knie zittern.
"Martin, unsere Karrieren in der DDR sind im Eimer! Oder willst du den
Rest deines Lebens in eine Strafkompanie? Wenn wir hier bleiben werden
wir unseres Lebens nicht mehr froh! Und jetzt, los endlich!"
Martin fühlte, daß sein Freund recht hatte. Trotzdem hörte er sich
sagen: "Ich gehe nicht, bevor ich nicht weiß was mit den Karten ge-
schehen ist!"
Hastig erzählte Winfried Schulz. Die Karten waren nach wie vor in der
Aktentasche im Tresor. Pech war, daß beide Taschen fast gleich aus-
sahen. Als der 1a Winfried die Tasche aus dem Tresor gab, hatte der
die verkehrte erwischt und Winfried hatte nicht auf die kleinen Feinheiten geachtet, die beide Taschen voneinander unterschieden.
"Und die Schlüssel?" wollte Martin wissen, "Die haben doch gepaßt!"
"Erinnerst du dich an gestern nachmittag als du dich umgezogen hast?
Ich kam später und fand zwei Schlüssel unter dem Spind. Es waren deine. Als ich sie dir wieder gegeben habe, werde ich dir vermutlich meine Schlüssel gegeben haben, die Schlüssel zu meiner Tasche. So muß es
gewesen sein!"
Martin fühlte Heiterkeit in sich aufsteigen und fing an zu lachen.
Winfried stutzte einen Moment und fing ebenfalls an zu lachen.
Selbst wenn sie alles so erzählten wie es gewesen war, das würde ihnen
niemand glauben. Ein Irrtum und die unglückliche Verkettung mehrer Zu-
fälle hatten also dazu geführt, daß es für ihn, Martin Henning, in der
DDR keine berufliche Zukunft gab. Und Winfried Schulz war sich darüber
im Klaren gewesen, daß man früher oder später seine eigene Tasche mit
dem brisanten Inhalt finden würde. Spätestens bei der Durchsuchung des
Tresors wäre es auch um Winfried geschehen.
Übergangslos wurden sie wieder ernst.
"Wir haben höchstens noch 15 Minuten bis der Kutscher vom Schatow hier
ist! Kommst du mit oder nicht?"
Im Bruchteil einer Sekunde faßte Martin seinen Entschluß: "Also, dann
los! Weißt du, wie?"
"Ich habe noch die Schlüssel für die beiden Tore! Ich wollte sie abgeben, aber der 1a war nicht da. Und dann kam die zusätzliche Nachtschicht!"
Der Regen hatte wieder zugenommen als sie den Bunker verließen. Fast
sahen sie die Hand vor Augen nicht. Der Vorteil war, daß beide das Ge-

lände in- und auswendig kannten.

Unbehelligt erreichten sie die stillgelegte Bahnstrecke. Das Rauschen des Regens übertönte ihre Schritte auf dem Schotter und standen wenig später vor dem ersten Tor. Sie waren bis auf die Haut naß, aber das spielte jetzt keine Rolle. Winfried schloß das letzte Grenztor auf. Martin blieb stehen und sah sich noch einmal um.

"Los, komm, Martin! Bringen wirs hinter uns!" klang Winfrieds Stimme fröhlich.

'Genossen, der Unterleutnant Martin Henning meldet sich ab' dachte er für sich selbst, machte einen großen Schritt - und befand sich zum ersten Mal auf dem Gebiet des Klassengegners.

Sie stapften durch den Regen weiter bis sie zur Straße kamen.

Aufatmend lehnte sich Martin Henning im Sessel der Polizeistation zurück.

"Aber Ihre Flucht wurde nicht bemerkt?" wollte der Polizist wissen.

"Es lag am Wetter", entgegnete Martin Henning, "Bei diesem Regen hatte weder der Posten A13 oder A14 direkte Sicht auf die Grenze und auf die Grenztore der Bahnstrecke erst recht nicht, sozusagen ein toter Winkel bei der Grenzüberwachung!"

Martin nahm einen Schluck heißen Kaffee.

"Und den Oberstleutnant Schatow? Er war noch am Leben als Sie ihn zurückließen?" fragte der Polizist.

"Bevor wir abgerückt sind habe ich ihm noch leicht eins auf die Glocke gegeben, damit er noch etwas länger schläft!" entgegnete Winfried Schulz.

"Aber die Hefte, wo hatten Sie die Hefte her?"

"Das ist einfach gesagt", begann der ehemalige Unterleutnant, "ein Offizier, wer genau weiß ich nicht, gründete im Grenzsektor Mitte die Dienststelle 1622. Dort wurden alle beschlagnahmten Presseerzeugnisse gesammelt, die BRD-Bürger in die DDR einschmuggeln wollten. Bei der Einreise, versteht sich."

"Aber, ist das nicht Sache des Mfs?" wollte der Polizist wissen.

"Klar, natürlich! Aber wer an der Grenze Dienst macht, gehört nicht immer zur Stasi, besonders wenn es da mal an Personal mangelt. Und bestimmte Magazine, egal ob Hetro oder homosexuell sind in einigen Kreisen sehr gefragt. Und damit die Stasileute nicht alles bekamen, wurde die Dienststelle 1622 gegründet. Sie bekam per Kurierpost alles was an sie adressiert war. Niemand stellte Fragen."

"Und diese Dienststelle waren ausgerechnet Sie, Herr Schulz?"

"Nein, ich nicht. Bei dem Unglück vor einigen Wochen waren leider der
Großteil der sogenannten Mitglieder der Dienststelle umgekommen. Ein
Major, dessen Namen ich hier nicht nennen möchte, fragte mich ob ich
vorläufig Dst 1622 verwalten würde. Sie bestand nur aus dem Inhalt der
Aktentasche, das ist alles. 1622 war seitens der Grenztruppen nur ein
Tarnbegriff gegenüber dem Mfs. Nur damit die nicht alles Beschlag-
nahmte für sich behalten konnten. Und Pornohefte gleich welcher Art,"
fügte Winfried Schulz grinsend hinzu, "sind auch in der DDR heiß
begehrte Mangelware, die man nur an einer Stelle bekommt: Der Grenze!
Gut aussehende Männer können mich schwach machen."
Die Tür ging auf und zwei Beamte des bundesdeutschen Grenzschutzes
traten ein. Sie begrüßten die ehemaligen Unterleutnants mit Handschlag
und setzten sich.
Martin Henning war etwas irritiert. Keiner machte eine Meldung, in der
DDR wäre das unmöglich. Aber sie waren nicht mehr in der DDR.
Die BGS-Offiziere nahmen Martins und Winfrieds Personalien auf und
steckten die Soldbücher ein.
"Keine Sorge, ihre Soldbücher erhalten sie zurück. Wir benötigen sie
nur fürs Protokoll." beruhigte einer.
"Eine Bitte hätte ich." Martin zögerte unsicher.
"Nur raus damit, wenn wir sie erfüllen können, dann tun wir das auch!"
ermunterte ihn der Polizist, "schließlich sind wir auch nur ganz nor-
male Menschen!"
"Und schon gar keine Menschenfresser!" setzte einer der BGS-Beamten
hinzu.
"Davon gehe ich aus! Es handelt sich um folgendes...." Martin erklärte
was er wünschte.
"Geht in Ordnung, schließlich haben wir nichts zu verbergen!" stimmte
der BGS-Offizier zu.

Martin Henning legte das Fernglas zur Seite. Er hatte genug gesehen.
Den Kran, der die Schienenjoche aufgenommen hatte, die vertrauten Ge-
sichter der ehemaligen Kameraden.
Der VW-Bus der bundesdeutschen Polizei hatte, versteckt in einem Hohl-
weg, die Beobachtungen möglich gemacht.
War es wirklich erst letzte Nacht gewesen, als er die DDR verlassen
hatte oder lag es schon länger zurück? Martin kam es vor, als ob er
schon ewige Zeit im Westen wäre, dabei waren es vielleicht gerade einmal neun oder zehn Stunden.
Nochmal nahm er das Glas zur Hand und sah in Richtung Osten.

Deutlich erkannte er Major Remmert und General Leibel, die offensichtlich neben einem Zug der Grenzsicherungstruppen standen. Ihn, Martin,
ertappte sich bei der Frage, was Leibel und Remmert wohl über ihn denken würden. Den Oberstleutnant Schatow entdeckte er nirgendwo.
Martin fand es irgendwie komisch, daß er jetzt vom westlichen Boden
aus beobachten konnte wie sein, Martins Plan, in die Tat umgesetzt
wurde.

Gegen Unterschrift wurde ihm, Martin Henning, der neue Personalausweis
Bundesrepublik Deutschland ausgehändigt. Die Fahrkarte nach Köln
steckte in seiner, nunmehr zivilen, Rocktasche und das Taxi
wartete schon vor der Tür. Die beiden Koffer enthielten eine erste
Ausstattung und seine NVA-Uniform, auf die er besonderen Wert legte.
Das neue Geld, die D-Mark, war für ihn ungewöhnlich schwer. Er kannte
nur die Mark der DDR, bestehend aus Aluminium.
Man hatte ihm eindringlich nahe gelegt, nicht in die DDR zu fahren, zu-
mindestens nicht für die nächsten 10 Jahre. Auch ein BRD-Paß würde
nicht vor der Verhaftung eines flüchtig gewordenen Grenzsoldaten
schützen.
Martin Henning nahm im Abteil der ersten Klasse platz und der von ihm
gewählte Schnellzug fuhr direkt bis Köln Hauptbahnhof.
Winfried Schulz hatte er aus den Augen verloren, er war ohne ein wei-
teres Wort an Martin zu richten, direkt in das Durchgangslager gefahren worden.
Martin beschloß ihn später einmal zu suchen.
Der Zug beschleunigte seine Fahrt. Bis Köln würde es nur wenige Halte
geben.
Der Zug brachte ihn, Martin Henning nach Köln und damit in eine unge-
wisse Zukunft.
*

Stuttgart - 25 Jahre später. Michael Hollmann genoß das großstädtische
Leben. Zum ersten Mal hatte ihn das Schicksal aus der Provinz
entführt. Ein großes Jugendfußballturnier machte es möglich.
Als Mannschaftskapitän war er stolz darauf mit seinem Team das Spiel
um den 3. Platz erreicht zu haben, das am morgigen Sonntag ausgetragen
werden sollte.
Der Samstagnachmittag diente der Entspannung.
Michael tauchte in das bunte und quirlige Leben der Großstadt ein,
beobachtete die Menschen. Es entging ihm nicht, daß sich viele Mädchen
nach dem bummelnden, schwarzgelockten, anziehend schönen, jungen Mann
umdrehten, was er aber völlig ignorierte. Leicht hätte er diesen oder
jenen Kontakt knüpfen können. Daheim hatte er eine gute Bekannte
gleichen Alters, Christine, mit der er zur Zeit gemeinsam einen
Tanzkurs besuchte. Merkwürdig, zwischen ihnen flossen nur schöne
Worte, ein gewisser Funke war bisher noch nicht übergesprungen. Warum
eigentlich? Irgendeinen tieferen Grund mußte es doch wohl geben? Seine
Fußballkameraden prahlten bereits mit ihren ersten Liebesabenteuern.
Er konnte nichts dazu beisteuern, irgendwie war ihm das weibliche Geschlecht ein wenig gleichgültig.
Nachdem sich Michael ein großes Eis gegönnt hatte, war er schließlich
in einem großen Pressezentrum gelandet. Das Angebot war überwältigend,
mit dem in der Provinz gar nicht zu vergleichen. Neugierig bestaunte
er die unendliche Fülle. Von einem Magazin mit dem Titel "Don"
strahlte ihn ein blonder Twen an, geradezu faszinierend und unwider-
stehlich. Michael konnte an diesem Heft nicht vorbei, ohne es zu kau-
fen. Wieder daheim, wollte er sich einmal ausführlich damit beschäftigen.
Nach einem siegreichen 3. Platz war die schöne Zeit in Stuttgart
wieder vorbei, der Alltag übernahm wieder das Regiment. Glücklich und
zufrieden begab sich Michael am Abend der Rückkehr zu Bett und erinnerte sich dann an das gekaufte Magazin. Nun war er völlig ungestört
und erlag zunächst wieder der Ausstrahlung des Covermanns, bevor er
sich in das Innenleben des Heftes vertiefte, über das er mehr als
überrascht war. Ansprechende Texte, aber vorallem viele Bilder von
Artgenossen ohne Feigenblatt. Michael konnte sich nicht satt genug
daran sehen. Wie Schuppen fiel es ihm plötzlich von den Augen. Hier
begegnete ihm erstmals jenes deutlich und ganz direkt, das ihn in
seinem Innersten richtig ansprach, nämlich Männer, das eigene Geschlecht. Eine Erkenntnis, die ihn maßlos erschreckt, aber ihm auch
viele Fragen der letzten Zeit beantwortete. Er ist zurecht anders

als die anderen, halt schwul. Über die weitreichenden Konsequenzen
dieser Entdeckung wurde sich Michael in diesem Moment nicht bewußt.
Er war lediglich erleichtert zu wissen, was mit ihm eigentlich los
ist. Alles Weitere würde sich schon finden und ergeben. Daß er
nicht der einzige Mann mit solch einer Veranlagung war, bewiesen
viele Seiten mit Kontaktwünschen anderer Männer, die teilweise Bilder von sich mitveröffentlicht hatten. Ja, einen richtigen Freund
zu haben, der so empfindet wie er, das war plötzlich sein Wunsch.
Er stieß auf eine Anzeige einer Lokalität in der nahegelegenen
Kreisstadt Neustadt, das "Why not" empfahl sich als Treffpunkt für
Gays. Am kommenden Wochenende wollte er dort hin fahren, sofern es
seine Zeit erlaubte, samstags war in der Regel Training angesagt.
In ihm war die unstillbare Sehnsucht erwacht, Männer seinesgleich-
en kennenzulernen. Wenn nicht dort, wo denn sonst?
Das Magazin hatte Michael innerlich und körperlich aufgewühlt, sodaß
er in der folgenden Nacht kaum Schlaf fand. Er fühlte sich plötzlich
wie verwandelt, wie ein anderer Mensch. Plötzlich sah er seine Fußballkameraden mit ganz anderen Augen, ihre ansprechende männlich-
kraftvolle Ausstrahlung. Er wußte nun ganz genau, warum ihn ihr Anblick beim gemeinsamen Duschen stets begeistert hatte ....
*

"Puh, ist das heute ein Sauwetter. Besserung nicht in Sicht, Marko."
"Wem sagst du das, Michael. Ich glaube nicht, daß wir morgen überhaupt spielen können, unser Platz steht saumäßig zu. Soviel Regen
auf einmal hatten wir lange nicht. Bleibst du noch auf einen O-Saft?"
"Nein, ich gehe jetzt lieber." Michael wollte schnellstmöglich nach
Neustadt.
"Christine, oder ein neue Flamme?" Vor Marko, dem Trainer ihrer Mann-
schaft, war kein Mädchen sicher.
Michael gab darauf keine Antwort und verließ eilig das Sportlerheim
seiner Heimatstadt Waldkirch, warf sich in sein Auto, war nach schnel-
ler Fahrt bald in Neustadt und steuerte dort zielstrebig die Adresse
des "Why not" an.
Es war noch früh am Abend, somit auch noch recht wenig im "Why not"
los.
Peter, ein Stammgast, saß an der Bar und unterhielt sich mit Gero, der
ihm gerade ein neues Bier gezapft hatte.
"Wie läuft`s, Peter?"
"Ach, nicht so doll."
"Ja, ja, die Provinz. Neustadt ist nicht Köln oder Berlin."

"Ich hätte einmal wieder richtig Lust auf etwas Neues."

"Wer nicht? Wie wär`s denn einmal mit uns beiden? Ich habe heute früh Feierabend. Mein Chef löst mich um 20 Uhr ab. Ein kerniger Mann ist mir nicht unsympathisch."

"Keine schlechte Idee. Warum sind wir darauf nicht schon früher gekommen?"

Beide lachten sich an.

"Machen wir uns doch einen schönen Abend."

"Vorallem eine schöne Nacht," ergänzte Gero schelmisch.

In diesem Moment betrat ein neuer Gast den Raum. Es war Michael.

"Den kenne ich ja noch gar nicht," raunte Peter.

"Den habe ich auch noch nie hier gesehen, echote Gero leise, "das ist vielleicht ein toller Typ."

"Ein Fall für mich."

"Aber du hast mir doch eben versprochen ...."

"Ich laufe dir ja nicht weg. Aufgeschoben ist nicht aufgehoben."

Gero wirkte ein wenig mißgestimmt.

Ein wenig zögerlich nahm Michael an der Bartheke platz.

"Hallo, was darf es sein?"

"Einen O-Saft, wenn möglich."

Dann erblickte er Peter, einen Mann, der ihn auf den ersten Blick nicht umsympathisch war. Beide kamen recht schnell miteinander ins Gespräch, argwöhnisch beobachtet von Gero. Heute mußte er das Feld dem neuen Gast überlassen. Nach Feierabend würde er Ralf anrufen, vielleicht hatte der ja ein wenig Zeit für ihn.

Unbedarft wie Michael noch war, bemerkte er nicht, daß ihn Peter geschickt zum Opfer eines seiner zahlreichen Abenteuer machen wollte. Gegenüber Michael stellte er zwar den Freundschaftsbegriff stets in den Vordergrund, verband aber damit ganz andere, eher mehr niedrige, Inhalte. Jedenfalls konnte er Michael nach einiger Zeit relativ belanglosen Plauderns dazu bewegen, ihm doch in seine nahegelegene Wohnung zu folgen.

"Was kann ich dir Schönes bieten, Michael?"

"Ich möchte halt einmal erleben, wie das eigentlich unter Männern so ist. Du mußt wissen, ich habe noch nie ...."

Peter strahlte. Ein wahrer Glückstreffer.

"Magst du einmal einen Videofilm sehen, wo die Post so richtig abgeht?" Ohne Umwege begann Peter sein Ziel anzusteuern.

"Warum nicht. Irgendwie muß man doch einen Anfang finden."

Michael war halt geil, so geil, daß ihm in diesem Moment so ziemlich alles recht war.

Er war regelrecht fasziniert von dem bunten Treiben zwischen zwei
Männern in einem von Peter eingelegten Videofilm, der vor seinen
Augen über die Mattscheibe flimmerte. Er bemerkte dabei nicht einmal, daß Peter sich inzwischen seiner Kleidung vollständig ent-
ledigt hatte, nahm es kaum zur Notiz, ließ es sich einfach gefallen,
daß Peter ihn auch auszog, sich mit seinem Körper zu beschäftigen
und ihm vollständig zu erobern begann. Widerstandslos, sich völlig
passiv verhaltend, gab Michael seinen Körper preis, von dem Peter
mehr als begeistert schien.

´Wozu doch andere Menschen fähig sind, was sie in einem bewirken
können´. Zugegeben, von diesem sexuellen Erlebnis war Michael schon
beeindruckt. Aber auch die unausbleibliche Ernüchterung ließ nicht
lange auf sich warten. Denn, nachdem alles gelaufen war, wirkte Peter
plötzlich wie ausgewechselt, wurde wortkarg und bat Michael zu gehen.
Peter liebte nur den reinen Sex. Mehr interessierte ihn nicht an
anderen Männern. Reine Lustbefriedigung hatte er nur dadurch, daß sie
sich seinen Wünschen unterordneten, alles mit sich machen ließen.
Michael hatte es zwar gefallen, weil er halt neugierig war, zu
erfahren, ob es ihm überhaupt mit Männern richtig Spaß machen würde.
Das konnte er nicht verleugnen, aber nur sexuelle Erfüllung allein
konnte nicht alles sein. Daß er tatsächlich schwul empfand und es auch
war, war ihm an diesem Abend richtig bewußt geworden. Es war sein persönliches "Comming out" gewesen. Aber irgendwie kam er sich wie ein
benutztes Handtuch vor. Es war lediglich gefühlloser Sex mit einem
Menschen gewesen, einem Menschen, der einem im täglichen Alltag nichts
bedeutete.

Michael fühlte sich mies. Die eigentlichen positiven Erfahrungen
dieses Abends rückten dadurch zunächst in den Hintergrund. Er war doch
kein Selbstbedienungsladen.

´Nicht einmal richtig in den Arm hat er mich genommen, nicht ge-
schmust, nicht geküßt, wie es zwischen zwei Menschen üblich ist,
die sich mögen. In keinem Moment hat er mir gegenüber Gefühl gezeigt, gezeigt, daß ich ihm mehr als nur ein Abenteuer bedeute. Kein
liebes Wort, kein Wort des Dankes, als ob es völlig normal sei, ja
fast selbstverständlich, sich als Instrument zur totalen Lustbefriedigung einfach zur Verfügung zu stellen. Mehr als ein "Tax-Free-
Callboy" war ich nicht für ihn!´ Zu einem Werkzeug würde er sich nicht
noch einmal machen lassen. Dieser Abend war eine heilsame Lehre für
ihn gewesen.

Bei weiteren Tanzabenden mit seiner Partnerin Christine fiel Michael
ein gewisser Olaf auf, hellblond, für ihn der Traumtyp zum verlieben.
An einem dieser Abende ist auch Michaels älterer Bruder Ulrich zu
einer dieser Veranstaltungen mitgekommen. Seine Verlobte Dorothee
fühlte sich nicht wohl und so kam ihm diese Abwechselung gerade recht.
Es entging ihm nicht, daß sein Bruder vielfach verstohlene Blicke auf
Olaf warf, der mit seiner Freundin Gabriele anwesend war. Natürlich
wird der sich nichts aus Männern machen, ganz im Gegenteil, er hat ja
eine Freundin. Wie kann man überhaupt nur auf einen solchen Gedanken
kommen? Michael verstand sich selbst nicht.
Die Nacht war schon weit fortgeschritten. Christine war längst gegangen, als sich Michael und Ulrich auf den Heimweg machten.
Beide hatten ein wenig getrunken. Ihre Zungen waren gelockert. Vieles
kam nun leichter über die Lippen.
Es war eine herrliche, klare Vollmondnacht. Michael und Ulrich hatten
es nicht eilig nach Hause zu kommen. Sie warfen sich ins Gras am
Wegesrand.
"Du, Michael, eigentlich verstehe ich dich nicht. Du hättest doch
wenigstens öfter als zweimal mit Christine tanzen können. Sie hat
später immer nach dir geschaut. Hast du denn das gar nicht bemerkt?
Wo warst du denn plötzlich nur mit deinen Gedanken? Auf dem Sport-
platz?"
"Nein."
"Mit dir stimmt doch etwas nicht! Mir fällt das doch heute nicht zum
ersten Mal auf."
"Merkt man mir das denn wirklich an, daß ich anders bin?"
"Wie anders?"
"Halt verliebt in ... Männer, wie Olaf."
Jetzt war es zum ersten Mal direkt ausgesprochen worden.
Ulrich antwortete nicht. Irgendwie hatte er diese Situation voraus-
geahnt. Geschwister reagieren in der Regel sehr sensibel. Daß Män-
ner auch auf Männer stehen war für ihn nicht neu und er hatte auch
keinerlei Vorurteile. Nur im ersten Moment ist man doch ein wenig
überrascht, wie einen das Schicksal damit direkt treffen kann.
Michael blickte seinen älteren Bruder mit fragenden Augen an. War nun
alles aus zwischen ihnen? Hätte er besser weiter zu allem schweigen
sollen?
Der Duft von frisch gemähtem Heu umwölkte sie.
"Du bist also wie man so sagt, schwul?"
"Ja, und nun?"

"Und nun? Das ist wirklich eine sehr gute Frage. Ich kann dich
insofern nicht verstehen, weil Olaf mit einem Mädchen befreundet ist,
quasi verlobt, wie ich mit Dorothee. Gibt es für dich denn keinen
anderen Mann. Kannst du dir denn keinen anderen für dich vorstellen?"
"Im Augenblick nicht. So wie er, das ist halt mein Traumtyp."
Viele derartige Partner können einem in der kleinstädtischen Provinz
natürlich auch nicht begegnen. In Großstädten sähe das bestimmt ganz
anders aus.
"Wenn ich dir nur helfen könnte. Ich würde meinen kleinen Bruder doch
auch so gern glücklich wissen wie mich."
"Ja, du und Dorothee."
"Im Frühjahr werden wir heiraten." Er zog Michael zu sich und legte
ihm seinen rechten Arm um die Schulter.
"So nah war mir selten ein anderer Mann."
Michael erzählte über das Zusammentreffen mit Peter. "Eigentlich war
es widerlich für mich."
"Nun siehst du auch, daß ich dich auch nach wir vor ganz lieb habe.
Ich möchte dir ja so gern helfen. Aber diese Situation ist so kompli-
ziert für mich, völliges Neuland."
"Du bist so lieb zu mir. Könnte es ein anderer Mann nicht ebenso
sein?"
"Aber von dem erwartest du sicherlich mehr, als nur in den Arm ge-
nommen zu werden?"
"Auch das ist für mich schon ein großartiges Gefühl."
"Na, na, das glaube ich dir aber nicht." Er streichelte ihn über
den rechten Oberarm, dann über seine Wangen. "Mir wäre das einfach
zu wenig."
"Das ist so schön, das tut so gut."
"Na, na, keine Angst, ich will dich nicht verführen.Aber so bin ich
dir wohl auch nicht umsympathisch?"
"Ja leider, deine langen blonden Haare. Aber du bist nun einmal
mein Bruder."
Michael seufzte und ließ den Kopf in den Schoß seines älteren
Bruders fallen. Selten waren sie sich näher als je zuvor.
"Du Michael," fuhr Ulrich mit ruhiger Stimme fort, " verrenn dich
nicht in fixe Ideen. Bleib mit beiden Beinen stets fest auf der Erde.
Ich hoffe, daß du auch eines Tages einen Traumpartner deiner Vor-
stellung finden wirst, wie ich in Dorothee. Ich werde jedenfalls immer zu dir halten, ganz gleich was auch geschehen mag. Ich werde
dich niemals in Stich lassen. Auf mich kannst du immer zählen,

Brüderchen."
"Das hast du so schön gesagt. Ich verspreche dir, brav zu bleiben."
Michael schloß die Augen. "Laß mich einen Moment träumen. Träumen,
ich läge in den Armen meines Traumpartners. So habe ich noch nie in
den Armen eines anderen Mannes gelegen. Ich sehne mich so unendlich
danach."
"Dann träum halt ein wenig. Ich möchte, daß du glücklich bist. Wenn
ich dir doch nur helfen könnte."
"Ich hätte nie geglaubt, daß du soviel Verständnis für mich und meine
wahren Gefühle haben würdest. Das hilft mir auch schon sehr."
Das Mondlicht verlieh der Nacht einen Hauch von Silber. Wie auf dun-
kelblauen Tuch gezeichnet hoben sich die bewaldeten Berge der Umgebung
vom tiefschwarzen Himmel ab. Ein leichter Wind strich über die
Landschaft. Grillen zirpten.
Im hellen Mondlicht hatte Ulrich Zeit Michael zu betrachten. Er strich
ihm eine schwarze Locke aus dem Gesicht.
Die Lippen waren halb geöffnet. Der Adamsapfel bewegte sich bei jedem
Atemzug zaghaft hin und her. Die beiden oberen Knöpfe seines Hemdes
waren geöffnet. Ein markant männlicher Körper, ein markant männliches
Gesicht. Ulrich schüttelte leicht den Kopf. Nichts bestätigte ihm den
Inhalt des soeben geführten Gesprächs. Er sah nur Äußerlichkeiten,
eine Fassade, konnte nicht in das ihm unbekannte, unvertraute, fremde
Innere vordringen, so sehr er sich auch bemühte. Es kam einfach alles
zu plötzlich für ihn.
"Hab Vertrauen zu mir, Michael." Er stich ihm sanft durchs Haar. Seine
rechte Hand lag auf seine Brust. Er fühlte sein schlagendes Herz,
seine innerliche Erregung. Er vernahm deutlich den flehenden Ruf "Nimm
mich" des sich endlich am Ziel wähnenden Körpers, ein Verdurstender,
der die Oase erreicht hatte, willenlos ausgeliefert.
Ulrich erschrak. ´Das ist mein Bruder. Ich habe in völlig in meiner
Gewalt´.
"Oh, das tut gut," echote Michael.
Vom Kirchturm schlug es Ein Uhr.
"Michael, wir müssen nach Haus."
"Ja, Ulrich. Du , ich danke dir."
"Wofür?"
Beide standen auf. Michael umarmte Ullrich stürmisch.
"Du hast mir einen Moment Glück geschenkt, so glücklich hat mich
bisher noch kein anderer Mensch gemacht. Kannst du das verstehen?"

"Ja, ich denke schon. Aber nun meine ich auch, daß du dich unseren
Eltern offenbaren solltest. Findest du das nicht auch?"
"Du hast recht. Ich werde es bald tun."
Ihre Eltern und ihre Umgebung würden diese Dinge nicht ganz so un-
kompliziert sehen. Aber zumindest glaubte Ulrich nach dieser unge-
wöhnlichen brüderlichen Aussprache trotzdem für Michael einen gang-
baren und hoffnungsvollen Weg in die Zukunft aufgezeigt und ihm vor-
allem neuen Lebensmut gegeben zu haben. Seine Probleme ließen sich
nicht über Nacht lösen.
Am nächsten Tag besuchte Ulrich seine Verlobte Dorothee.
"Deine Eltern waren ja heute merkwürdig freundlich zu mir."
"Sollen sie denn als zukünftiger Schwiegersohn nicht freundlich zu
dir sein?"
"Doch, doch. Aber so überschwenglich haben sie mich noch nie begrüßt. Deine Mutter hat mich noch nie umarmt, wenn ich kam. Na, ja.
Aber um dich, Liebes, mache ich mir ein wenig Sorgen. In der letzten
Zeit war dir öfter unwohl. Geht es dir heute besser?"
"Oh doch, viel besser. Du bist ja da. Es wird schon alles wieder
werden." Sie sah ihren Verlobten mit vielsagendem Blick an, öffnete
ihr leichtes Sommerkleid und ließ es zu Boden gleiten, um nun im Eva´s
Kostüm zu erscheinen.
"Sag, willst du mich verführen? Das ist ein ganz neues Vorspiel. Das
kenne ich noch gar nicht."
Ulrich war überrascht. Was hatte das zu bedeuten?
"Fällt dir an mir nicht vielleicht etwas auf?"
"Nein, du wirkst auf mich so schön und begehrenswert wie am ersten
Tag. Deine Brüste wirken ein wenig straffer."
"Mag schon sein. Komm näher. Hast du mich denn wirklich auch ganz so
lieb wir am ersten Tag?"
"Du stellst vielleicht heute seltsame Fragen. So kenne ich dich noch
gar nicht. Was hat das alles zu bedeuten? Was hast du nur heute mit
mir vor?"
"Etwas ganz Schönes. Nun tu´s mir aber gleich. Zieh dich auch aus."
Ulrich kam diesem Wunsch nach.
"Du bist so schön anzuschauen. Ich liebe deinen herb-männlichen Kör-
per."
"Willst du mir jetzt eine besondere Liebeserklärung machen?"
"Vielleicht, kommt ganz darauf an. Bitte setz dich zu mir."
Ulrich tat es, immer noch ein wenig verwundert über den Film, der
jetzt lief. Dorothee umarmte und küßte ihn stürmisch. Dann sah er

Dorothee tief in die Augen.

"Du spannst mich ganz schön auf die Folter, Schatz. Ich will endlich wissen, was mit dir heute los ist. Du bist so sonderbar, ganz
eigenartig." Ulrichs rechte Hand fuhr zärtlich über ihre leicht ge-
röteten Wangen. Er spürte ihre linke Hand an seinem Geschlecht.

"Der hat mir in den letzten Wochen ziemlich viel Probleme bereitet."

"Was sagst du da? Genügt er dir nicht mehr? Zugegeben, er zählt
nicht zu den größten. Aber bisher warst du doch mit ihm immer sehr
zufrieden." Ulrich wirkte ein wenig gekränkt. Sollte sich denn alles,
wie erst recht bei Schwulen, stets nur um den Schwanz drehen?"

"Bin ich ja auch, ich will mich in keiner Weise über ihn beschweren.
Nur ..." fragende Blicke kreuzten sich "du hast mich damit zur wer-
denden Mutter gemacht."

Nun war es endlich ausgesprochen, daß große, zwischen ihnen stehende
Geheimnis gelüftet.

"Was ich werde Vater? Das gibts ja gar nicht?"

"Doch, ich bin im zweiten Monat. Meinen Eltern habe ich es schon gesagt. Die freuen sich schon riesig."

"Das habe ich vorhin gemerkt. Mann, und ich erst." Lachend fiel er
Dorothee um den Hals. "Ich Vater, ich kanns noch gar nicht richtig
glauben." Er küsste und drückte sie stürmisch.

"Halt! Halt! Nicht ganz so doll. Du mußt mich jetzt ein wenig vor-
sichtiger behandeln. Vergeß unser Kind nicht."

"Aber ja, klar doch, mein Schatz. Du hast mich eben ganz schön
schmoren lassen, weißt du das? Du glaubst gar nicht, wie glücklich
du mich jetzt gemacht hast, wie sehr ich mich freue. Ich liebe dich."

"Das weiß ich doch, Schatz."

"Dann sollten wir wohl auch bald ans Heiraten denken, damit unser Kind
auch ein richtiges Elternhaus bekommt. Wir werden es nächste Woche
meinen Eltern sagen, na, die werden wohl auch staunen."

"Dein Bruder Michael wird unser Patenonkel."

Über Ulrichs Gesicht huschte ein Schatten.

"Was ist? Ist dir das nicht recht?"

"Doch, doch, aber?"

"Was aber?"

Ulrich atmete tief durch. "Ganz so einfach wie wir hat er es wohl
nicht?"

"Wieso?"

"Denk dir, ich wollte es dir eigentlich noch gar nicht sagen. Er hat

mir gestern abend gestanden, daß er mit Frauen nichts anzufangen
weiß."
Dorothee erkannte sofort, was er eigentlich sagen wollte.
"Dann hat er dir also gesagt, daß er schwul ist?"
"Ja."
"Ulrich, die Menschen sind nicht alle gleich geschaffen und das ist
auch gut so. Wenn er so glücklich ist, dann soll er es auch so sein,
oder?"
"Du bist eine fabelhafte Frau."
"Er ist doch deshalb kein schlechter Mensch. Ganz im Gegenteil.
 Deinen Eltern hat er es wohl noch nicht gesagt?"
"Er hat mir versprochen, es bald zu tun."
"Na, dann ist und wird alles gut."
"Meinst du wirklich?"
"Natürlich, wir leben doch nicht in der Steinzeit. Patenonkel wird er
trotzdem. Er leidet doch nicht an einer ansteckenden Krankheit."
"Nein. Er hat halt auf seine Art genauso viel Freude am Leben und mit
seinen Gefühlen wie wir."
Sie fielen sich wieder in die Arme und verlebten eine der schönsten
Stunden ihres bisherigen Zusammenseins.
*
Am folgenden Samstag fühlt sich Michael stark genug sein Schwulsein
auch seinen Eltern zu offenbaren.
Seine Eltern nehmen diese Botschaft aber nicht so verständnisvoll wie
sein Bruder Ulrich auf.
Ernst Hollmann verzog sein Gesicht zu einer finsteren Grimasse.
"Du bist also ein Arschficker!"
"Frechheit!"
"Ja, was denn sonst wohl?"
Michael schwieg. Jetzt galt das Sprichwort 'Reden ist Silber,
Schweigen ist Gold'.
Sein Vater stand auf und verließ den Raum. Hinter sich warf er die Tür
laut ins Schloß.
'Mein jüngster Sohn ist also homosexuell. Das sollte doch heute kein
Problem mehr sein,' dachte Jutta Hollmann, reagierte besonnener als
ihr Mann.
"Vielleicht erzählst du mir einmal alles ausführlich, was dich
bedrückt. Bitte habe Vertrauen zu mir. Dein Vater wird dich auch
verstehen lernen. Glaub mir und habe Geduld."
Michael sah seine Mutter mit ungläubigem fragenden Blick an. Das Eis

zwischen Mutter und Sohn war gebrochen. Und Michael erzählte aus
seinem bisher geheim gehaltenen Leben.
"Genau wie alle anderen Menschen, Frau und Mann, habe ich auch ein
großes Bedürfnis körperliche Nähe zu spüren, Gefühl und Zärtlichkeit
zu erleben und zu genießen. Aber das ist nicht das alles Entscheiden-
de, auf den ganzen Menschen kommt es an," endetete er schließlich.
"Das klingt gut."
"Homosexualität ist wirklich nichts Verwerfliches."
"Und Aids?"
"Ich treibe es doch nicht mit jedem." Er dachte dabei an Peter. Doch
das sollte ein einmaliger Ausrutscher bleiben.
"Das ist sehr beruhigend für mich zu hören."
Am Abend kommen Ulrich und Dorothee. Ulrich ist ganz stolz, daß er
Vater wird. Dorothee vermittelt zwischen Michael und seinem Vater, der
sich schließlich auch von den unabänderlichen Tatsachen überzeugen
läßt.
"Du bist und bleibst unser Sohn, ganz gleich wie du bist. Jedenfalls
finde ich es schon toll, daß du soviel gesundes Vertrauen zu uns hast,
uns dein Schwulsein offenbart zu haben. Das muß an dieser Stelle auch
einmal gesagt werden. Jetzt bin ich sogar ein klein wenig stolz auf
dich. Entschuldige, daß ich heute mittag so grob zu dir war. Jederzeit
kannst du auf unseren Beistand zählen, wenn du einmal Hilfe brauchst.
Ehrenwort."
"Seit heute bist du mir noch sympathischer geworden," ergänzte
Dorothee, "ich finde es einfach super, daß du so offen und ehrlich zu
deinem Schwulsein stehst."
"Ihr seid echt dufte," freute sich Michael, "soviel Weltoffenheit
hätte ich euch nicht zugetraut. Wie man sich doch täuschen kann."
Der häusliche Friede war wieder hergestellt.
*
Trotz aller Realität ging Michael Olaf nicht aus dem Sinn.
Kein Wunder, wenn einem sein Traumbild nur allzu häufig in Natura
begegnete.
*
Eines Abends wurden Christine und Michael von Olaf und seiner Freundin
und Tanzpartnerin Gabriele zu ihm nach Haus eingeladen.
Das Thema Fußball nahm zwischen Michael und Olaf breiten Raum ein.
Christine und Gabriele begannen sich zu langweilen und beschlossen
allein etwas zu unternehmen. Sollten sich die beiden Fußballnarren
doch ruhig austauschen. Ungewollt ist Michael mit seinem Traumtyp

allein. Die Atmosphäre begann zu knistern, das Thema Fußball begann
in den Hintergrund zu treten.
"Du bist echt ein dufter Kumpel. Der Verein redet nur Bestes über
dich. Dazu bist du auch noch ein attraktiver Kerl, Michael. Christine
ist um dich zu beneiden. Du kannst auf dich stolz sein."
"Findest du? Aber du bist auch ein sympathischer Typ."
Michael begann seine Hemmungen zu verlieren. "Männer sind bisweilen
auch nicht übel."
"Was soll das heißen?"
"Das ich Männer toll finde."
"Heißt das, daß du ...."
"Ja, ich bin schwul. Jetzt staunst du aber?"
"Kaum zu glauben."
"Wenn man mich offen fragt, antworte ich auch ehrlich. Meine Ange-
hörigen wissen auch über mich bescheid. Warum soll ichs leugnen. Es
ist doch auch schließlich nichts dabei, oder?"
"Ich bewundere dein Selbstbewußtsein, deine Offenheit. Ich finde das
einfach toll von dir, daß du kein Blatt vor den Mund nimmst. Und wie
darf ich deine Beziehung zu Christine unter diesen Umständen deuten?"
"Uns verbindet lediglich, daß wir gerne tanzen. So einfach ist das.
Aber ich muß dir auch einmal ehrlich gestehen, daß du mein Traumtyp
bist. Ein Freund wie du ...."
"Sprich nicht weiter, du machst mich ganz verlegen."
"Wieso?"
"Denk dir, ich habe auch schon einmal daran gedacht, es mit einem Mann
zu machen. Glaubst du, ich hätte noch nicht bemerkt, wie du schon
lange hinter mir her gaffst. Ich bin doch nicht doof."
"Was du nicht sagst." Michael konnte seine innere freudige Erregung
kaum noch zurückhalten. Er glaubte zu träumen. Was hatte Olaf da eben
gesagt? Er konnte es einfach nicht glauben. Stand er vor der Erfüllung
eines Traumes?
"Nur der dafür in Frage kommende ist mir nie begegnet. Aber du machst
mich richtig an."
"Wirklich?"
"Mit dir hätte ich echt einmal Lust meinen Horizont zu erweitern. Wir
sind jetzt ganz ungestört. Gabi und Christine werden so schnell nicht
zurückkommen, wenn Mädchen erst einmal ins Plaudern kommen ...."
"Und erst Männer. Aber viel Erfahrung habe ich noch nicht."
"Was nicht ist, kann noch werden. Ein bißchen Praxis kann nicht
schaden, oder? Was meinst du dazu?"

Michael lachte. "Du bist mir vielleicht einer."
"Was schlägst du vor? Ich bin unheimlich geladen. Gabi hat ihre Tage
und läßt mich nicht an sich heran. Eine gute Gelegenheit uns es einmal
auf andere Art und Weise zu besorgen, oder?"
"Wenn du meinst, Olaf." Er fiel ihm einfach um den Hals.
"Auf Knutschen mit Männern stehe ich aber nicht unbedingt."
Daß er das schon wenig später ganz anders sehen würde, konnte er sich
in diesem Moment überhaupt noch nicht vorstellen.
"Muß auch nicht unbedingt sein. Wir sind ja auch kein Liebespaar."
"Das wäre auch noch schöner. Daraus kann nichts werden. Mach dir bloß
keine falschen Hoffnungen. Ich wills halt nur einmal erleben, mehr
nicht."
Diese Worte gingen an Michael vorbei. Er wollte endlich einmal von
seinem Traumtyp Besitz ergreifen, ganz gleich wie. Das launische
Schicksal würde bestimmt solch eine Gelegenheit nicht wieder bieten.
Als ob es das Selbstverständlichste auf der Welt sei, baute sich Olaf
vor Michael im Adam´s Kostüm statuenhaft auf.
"Wie gefalle ich dir? Immer noch dein Traumtyp?"
"Und ob. Jetzt erst recht."
"Nun will ich aber von dir auch alles sehen."
Das ließ sich Michael nicht zweimal sagen. Olaf wirkte echt über-
rascht.
Es folgten für beide aufregende Stunden.
Geschlechtlich ein gleiches Paar, dennoch vom Inneren her völlig ver-
schieden, überhaupt nicht homogen. Ganz im Gegenteil, große Gegensätze
zogen sich auch hier an und schafften eine gemeinsame breite Basis der
Harmonie.
Michael lebte seine Traumphantasien mit seinem Ideal real aus. Olaf
seinerseits erlebte den Unterschied zwischen ihm bekannter und völlig
unbekannter Sexualität. Eroberte Michael Olaf, weil er ihn vorbehalt-
los begehrte, so Olaf ihn, weil es ihn reizte, ein völlig neues Sex-
und Liebesgefühl zu erleben, ein ganz ungewohntes Rollenverhalten.
Lange lagen sie anschließend noch beieinander, jeder auf seine Art und
Weise vom Anblick des Körpers des anderen gefesselt, gedankenenver-
sunken, das zwischen ihnen Gewesene zu begreifen.
Für beide stellte dieser Abend eine wertvolle Bereicherung in ihrem
Leben dar. Michael konnte zum ersten Mal gleichberechtigt gemeinsame
Sexualität richtig erleben, ein Aufeinandereingehen voll genießen, so
wie er es sich immer erträumt hat. Es war ganz anders als damals mit
Peter, der nur auf seinen eigenen Vorteil bedacht war. Sex kann auch

Gefühl bedeuten, nicht nur bloße Lustbefriedigung. Beide sind sehr mit
sich zufrieden. Dennoch: Irgendwie konnte Olaf nicht begreifen, daß
sich Michael für schwul hält. Er stellte sich Schwule ganz anders vor.
Michael paßte nicht in dieses Bild.
Ihr Erlebtes behielten sie allerdings für sich.
*
Die Enttäuschung mit Peters Bekanntschaft wirkte lange nach. Erst an
einem ungemütlichen Samstagabend im Oktober entschied sich Michael
für einen weiteren Besuch im "Why not" in Neustadt.
Gero erkannte Michael gleich wieder und hieß ihn herzlich willkommen.
Auf eine weitergehende Bekanntschaft mit diesem Typen legte Michael
aber keinen allzu großen Wert. Er schien wohl auch aus dem Holze
Peters geschnitzt zu sein. Einen erneuten Reinfall wollte er nicht
mehr erleben. Heute wollte er lediglich ein wenig abschalten, sich unter seinesgleichen fühlen, mehr nicht.
Er verfolgte das Treiben auf der Tanzfläche und irgendwie bemerkten
alle Anwesenden seinen Wunsch nach Unnahbarkeit, den sie respektier-
ten, wenn auch für sie unverständlich.
Michael kam nun öfters auf ein Glas O-Saft vorbei und es entging ihm
nicht, daß er jeweils visueller Mittelpunkt des Geschehens war, was er
nicht ohne eine gewisse Genugtuung zur Kenntnis nahm. Nur, für ein
Abenteuer stand er für niemand mehr zur Verfügung. Das hatte sich mit-
lerweile herumgesprochen und wurde auch respektiert. Nicht, daß
Michael nicht für den einen oder anderen ein nettes Wort übrig hatte,
Belangloses austauschte. Auf mehr ließ er sich nicht ein, nur allein
wegen seines Körpers wollte er nicht begehrt werden. Das war ihm einfach zu wenig.
Am ersten Dezembersamstag war das "Why not" sehr gut besetzt. Michael
fand keinen Platz an der Theke und mußte sich mit seinem O-Saft an
einem der Tische in einer schummrigen Nische im Hintergrund des Lokals
zurückziehen.
Die Tanzfläche war gut besucht. Michael genoß dieses Bild. Zwei Männer, die zusammen engumschlungen tanzten, war für ihn nach wie vor ein
außergewöhnlicher Anblick. Schließlich tanzte er auch für sein Leben
gern, aber mit diesen, nur auf Sex bedachten Männern? Nein, das wollte
er sich nicht antun. Da zog er allemal doch Christine vor, mit der er
sich nach wie vor regelmäßig traf. Nun, da er wußte, daß er schwul
war, wußte er auch, daß außer einer guten Freundschaft aus ihnen nicht
mehr werden konnte.
Sein Blick schweifte zum Nachbartisch herüber, wo vor einem Glas Cola

ein jüngerer, hellblonder Typ saß, fast ein Zwillingsbruder seines
Traumtypen Olaf. Er war Michael auf Anhieb sofort sympathisch.
Allerdings versuchte der Blonde sofort scheu seinen Blicken auszu-
weichen. Sein Verhalten stimmte Michael nachdenklich und neugierig
zugleich. So sprach er ihn an, setzte sich an seinen Tisch.
"Hallo, was ist denn mit dir los?"
"Nichts," kam es leise zurück.
"Und warum weichst du immer meinen Blicken aus? Gefalle ich dir etwa
nicht?" Und nach kurzem Zögern fügte er noch hinzu. "Dich mag ich auf
jeden Fall."
"Ich dich auch," kam es nach einer kurzen Pause zurück, "ich muß dir
sogar gestehen, daß ich dich ausgesprochen cool finde. Habe dich schon
oftmals in den letzten Wochen beobachtet. Du sitzt immer an der Bar.
Hätte mir nie träumen lassen, mit dir einmal ins Gespräch zu kommen.
Eigentlich komme ich auch öfter mit der Hoffnung vorbei, dich
vielleicht zu sehen und zu träumen. Hoffentlich denkst du nun nicht
etwa, daß ich spinne?" Er blickte Michael ängstlich und fragend zugleich an.
"Nein, ganz im Gegenteil," konterte Michael erleichtert, "aber ein
bißchen seltsam bist du doch, so ungewöhnlich zurückhaltend und
schüchtern. Du bist so ganz anders, als alle anderen hier, die nur das
Eine von einem wollen. Man kann doch über alles offen reden. Du bist
mir, zugegeben, nicht unsympathisch. Ich heiße übrigens Michael, und
du?"
"Frank."
"Na prima, Frank. Du bist mir bisher noch nicht aufgefallen. Was
bewegt dich wirklich hier zu sein? Abenteuer scheinst du wohl jedenfalls nicht zu suchen?"
"Ich versuche nur ein wenig Farbe in meinen grauen Alltag zu bringen."
"Deshalb muß man sich hier aber nicht regelrecht verstecken. Das hast
du doch gar nicht nötig. Du siehst doch gut aus. Was willst du denn
noch mehr?"
"Ach," brach es aus Frank hervor, "ich verstecke mich wirklich ein
wenig, weil ich mich davor fürchte, mich echt in jemand verlieben zu
können. Das wäre ein großes Problem für mich."
"Was redest du da nur für einen Quatsch? Was gibt es denn Schöneres,
als sich wirklich richtig und ehrlich zu verlieben?"
Frank merkte, daß Michael nicht auf Abenteuer, sondern auf mehr heraus
war, sein Verhalten der letzten Wochen bewies das auch unzweifelhaft
für ihn. Er fühlte, daß er Michael Vertrauen schenken durfte, mehr

Vertrauen als allen anderen hier Anwesenden, und begann sich zu
öffnen.
"Michael, meine Eltern haben Probleme mit meinem Schwulsein. Mein
Vater ist Prokurist in der Möbelfabrik Steinmüller, meine Familie
recht angesehene Leute. Dazu paßt so einer wie ich einfach nicht ins
Konzept."
Michael hörte aufmerksam zu, wurde völlig überraschend und uner-
wartet mit einem erschütternden Lebensschicksal konfrontiert.
*
Frank Henning war das dritte Kind und hatte noch zwei ältere Brüder,
Heinz und Richard. Seine Kindheit verlief relativ sorglos.
Die Zeit der Pubertät gab ihm Rätsel auf. In dieser Phase begannen
sich seine beiden älteren Brüder folgerichtig für das weibliche Ge-
schlecht zu interessieren. Er selbst mußte jedoch feststellen, daß
ihm Mädchen gleichgültig waren. Vielleicht war er aber auch nur ein
Spätzünder?
Ein Sommerurlaub mit seinen Eltern am Faaker See in Österreich sollte
ihm allerdings die Augen öffnen, ihm seine wahren Gefühle entdecken
helfen.
Heinz und Richard gingen längst ihre eigenen Wege. So war er mit seinen Eltern allein nach Kärnten gereist.
Faulenzen, am See liegen, Mitmenschen beobachten, ja, das gefiel Frank
am meisten.
Immer wieder fielen seine Augen auf einen etwa 20 Jahre jungen Mann,
oftmals von Mädchen umringt, manchmal auch allein. Er erinnerte ihn an
einen griechischen Gott, herrlich gebräunt, dunkles Haar. Irgendwie
faszinierte ihn sein Anblick und er freute sich jeden Tag aufs Neue,
ihn wieder zu sehen. Warum nur? Eine passende Erklärung hatte er zunächst nicht dafür. War es seine Ausstrahlung oder gar seine bezau-
bernde Schönheit?
Irgendwann kamen beide ins Gespräch, Belanglosigkeiten wurden ausge-
tauscht.
Robin hieß er, Biologiestudent aus München und sogar verlobt. Leider
hatte seine Verlobte keinen Urlaub bekommen, so mußte Robin ohne sie
nach Kärnten fahren. Hatte ihn Frank anfangs für einen kleinen Casa-
nova gehalten, so wurde er schnell eines Anderen belehrt.
"Außer Disco hat hier kaum einer etwas im Sinn," meinte Robin einmal
fast beiläufig zu Frank. "Die Schönheiten der Natur scheint hier kaum
jemand zu interessieren. Und dabei kann man hier soviel Schönes entdecken und vorallem erleben. Schöne Sonnenaufgänge, die erwachende Na-

tur, Wildbeobachtung .... Fast jeden Morgen bin ich unterwegs, stets
allein ...."
"Vielleicht kannst du mich ja einmal mitnehmen?" Frank sagte es weniger aus wirklichem Interesse, vielmehr aus dem Grund, mit diesem irgendwie ihn blendenden, jungen Mann zusammen sein zu können. Sein ausgesprochen männlicher Körper wirkte auf ihn begehrenswert, anregend ..
Je mehr Frank darüber ins Grübeln kam, um so mehr wurde ihm bewußt,
daß er auf das eigene Geschlecht reflektierte. Er konnte sich jedenfalls nicht daran erinnern, beim Anblick eines Mädchens schon einmal
durcheinander geraten zu sein. Frank begann die Welt mit anderen Augen
Augen zu sehen. Recht überrascht war er, als ihm Robin völlig unbedarft, offen und ehrlich, antwortete.
"Gern nehme ich dich einmal auf meine allmorgentlichen Exkursionen
mit. Du bist so ganz anders als alle anderen hier. Ich finde dich sehr
sympathisch. Du könntest fast ein Zwillingsbruder meiner Verlobten
sein. Du wirkst auf mich zwar ein wenig feminin. Das heißt aber
nichts."
Zwischen beiden entspann sich eine, wenn auch völlig lockere, Beziehung, die auch eine gewisse Sympathie füreinander beinhaltete, allerdings von beiden anders gesehen wurde. Direkte sexuelle Wünsche nahmen im Verlauf der folgenden Tage bei Frank konkrete Konturen an. Er
erschrak, aber konnte seine Gefühle nicht mehr lenken. War er schwul?
Begeistert nahm er an einigen Streifzügen durch die erwachende Natur
mit Robin teil. Und jener freute sich, daß er einen scheinbar interessierten Zuhörer für sein Wissen gefunden hatte. Auch tagsüber waren
sie oft zusammen, veranstalteten Wettschwimmen im See, gaben sich ausgelassen, genossen umbeschwerte Ferientage.
Lagen sie gemeinsam am Ufer, betrachtete Frank häufig Robin, wenn er
mit geschlossenen Augen vor sich hin döste. Führte mit neugierigen
Augen seine Blicke über seinen von Tag zu Tag begehrenswerter er-
scheinenden Körper spazieren, geriet ins Träumen, sexuelle Regungen
bleiben nicht aus. Frank erschrak, Schamröte überzog sein Gesicht.
Robin wurde zum Schlüssel seines eigenen Ichs. Er war wirklich schwul,
dessen war er sich nach den wenigen Tagen ihres Zusammenseins nun ganz
sicher. Wie aber damit fertig werden? Dieser Gedanke überstieg in diesem Moment seine Vorstellungskraft. Man konnte doch nicht einfach einem Mann sagen, von dem man praktisch nichts wußte, daß man ihn toll
fände, geschweige denn, liebe. Frank fühlte sich hilflos.
Vom Anblick Robins war er wie gefesselt, der gänzlich unbehaarte,
waschbretthafte Oberkörper, lediglich den Saum seiner bunten Bade-

hose überragte ein schwarzes, dichtes Haardreieck. Die mächtige Rund-
ung seines einzigen Textils am Körper beflügelte seine Phantasie erst
recht, Topziel seiner Neugier. Diese Geheimnis würde ihm stets verbor-
gen bleiben ....
Einmal seufzte Frank regelrecht. Robin schlug die Augen auf.
"Ist was, Frank?"
"Nein, nein," begann er zu stottern und drehte sich auf den Bauch.
"Du wirkst so sonderbar, wie aufgeschreckt."
"Nein, es ist nichts. Ich glaube, mich hat soeben eine Mücke ge-
stochen."
"Wohl eher eine dufte Biene?" Robin war nicht entgangen, daß Frank
versuchte eine deutlich sichtbare Erektion zu verbergen, vermied es
aber, darauf anzusprechen. Im jugendlichen Alter war das ja nichts
Besonderes, erging es ihm doch auch so, wenn er ein schönes Mädchen
sah. Nur weit und breit war kein weibliches Wesen zu sehen. Dennoch
maß er diesem Vorgang keinerlei Bedeutung bei.
"Was ist, Frank, wollen wir noch eine Runde schwimmen?"
"Na logo."
Robin lächelte ihn an. Franks Lächeln wirkte ein wenig gequält. Er
schämte sich. Ob Robin etwas gemerkt hatte? Er erhob sich schnell
und stürmte voraus zum See.
´Schon ein witziger Bursche,´schoß es Robin durch den Kopf und folgte
ihm.
*

Martin Henning blieb der enge Kontakt zwischen Frank und Robin nicht
verborgen. Mit Argwohn beobachtete er diese Liason. Was hatte Frank
nur an diesem Typen gefressen? Unzählige hübsche Mädchen waren zu-
gegen, die er scheinbar nicht beachtete. Heinz und Richard hätten mit
ihnen längst schon angebandelt. Aber Frank, mußte es ausgerechnet ein
Mann sein? Verschüttete Erinnerungen wurden in ihm neu belebt, alte
Wunden neu aufgerissen.
Ein schöner Sommerabend neigte sich dem Ende zu. Martin Henning genoß
mit seiner Frau auf dem Balkon ihres Hotels ein Glas Wein.
"Erika, Franks Verhalten gefällt mir nicht."
"Ich weiß, was du denkst. Aber eine Jungenbekanntschaft muß nicht un-
bedingt etwas mit Homosexualität zu tun haben?"
"Da hast du sicherlich recht. Aber ich habe Frank auch noch nie mit
einem Mädchen zusammen gesehen. Das gibt mir zu denken."
"Mit 16 ist er wohl auch noch ein wenig zu jung."

"Bei mir sah das aber ganz anders aus. Und was ist mit Heinz und
Richard? Die umgarnten schon mit 14 das weibliche Geschlecht."
"Der eine halt früher, der andere halt später," versuchte Erika
Henning ihren Mann zu beruhigen. "Frank wird sich sicherlich auch eine
Freundin suchen. Sollst sehen."
"Gelegenheiten hat er wohl schon genug gehabt." Sein persönliches
Schicksal hatte ihn sehr sensibel gemacht. Zweifel blieben und wur-
den dadurch noch genährt, als nach Robins Abreise Frank ein wenig
niedergeschlagen und lustlos wirkte. Aber er vermied es, seine Frau
darauf nochmals anzusprechen. Vielleicht sah er ja wirklich nur Ge-
spenster?"
*
Ein Jahr später. Das Schuljahr neigte sich dem Ende zu. Die letzten
Klassenarbeiten standen bevor.
Frank konnte seinen Klassenkameraden Sascha dazu überreden, ihn nachmittags zum gemeinsamen Lernen zu besuchen.
Es freute ihn deshalb besonders, weil Sascha seinen Traumtyp Mann ver-
körperte. Bisher hatte er real einen Artgenossen noch nie völlig nackt
gesehen. Ein Wunsch, der sich seit dem letzten Urlaub verstärkte.
Wie konnte man es nur anstellen, diesen Traum Wirklichkeit werden zu
lassen? Daß er auf seinesgleichen stand, war ihm im letzten Sommer in
Kärnten bei dem Zusammentreffen mit Robin voll bewußt geworden.
Gleichzeitig war ihm auch klar, daß er sich auf einer Außenseiterpo-
sition befand und nicht hoffen konnte, daß man nur darauf wartete,
seine Gefühle auch zu erwidern.
Nun war Sascha da, er mit ihm allein und schämte sich in seiner Gegen-
wart, überhaupt einen solchen Gedanken zu spinnen. Sein Wunsch und
Sascha trennten Welten, Traum und Realität. Aber träumen durfte man
sicherlich, insbesondere wenn man sich wegen des heißen Frühsommerwet-
ters mit freiem Oberkörper gegenübersaß. Allerdings hatte diese
Situation zwischen seinen Lenden ein nicht mehr übersehbares Feuer
entfacht ..., daß dem Angebeteten nicht verborgen blieb, als sich
Frank kurz erhob, um im Regal nach einem Mathematikbuch zu suchen.
Sascha hatte von seinem Arbeitsheft aufgeblickt, nachdem beide eine
ganze Weile wortlos eifrig mathematische Formeln gebüffelt hatten.
Zwischenzeitlich verstohlene Blicke von Frank waren Sascha trotzdem
nicht entgangen, schenkte diesen zunächst keinerlei Bedeutung bei.
Wie Frank hatte er bisher auch noch keine sexuellen Kontakte gehabt,
bisweilen aber auch schon davon geträumt, aber nur im Zusammenhang
mit schönen Girls. Dennoch: Als er flüchtig der ausgebeulten Jeans

Franks gewahr wurde, sprang ein sexueller Funke auch auf ihn über, mehr aus purer Neugier, geschweige denn aus wirklichem Interesse an dieser sich bietenden ersten Gelegenheit. Hielt er sich bisher für gut gebaut, so kamen ihm plötzlich Zweifel ....

"Frank, was ist mit dir los? Was hat die große Beule in deiner Jeans zu bedeuten?"

Frank erschrak, errötete und blickte nun wie ein ertappter Sünder betroffen an sich herunter, fing sich aber ganz schnell wieder.

"Man kann doch einmal einen Steifen bekommen. Das ist doch in unserem Alter ganz normal, oder?" erwiderte er recht unbeteiligt."

Diese Situation war ihm peinlich.

Unbekümmert riß Sascha nun die einen Spalt offene Tür vollends auf.

"Frank, laß uns eine Pause machen. Pauken können wir später noch. Sei mal ehrlich, hast du vielleicht Lust auf Schwänze vergleichen? Habe schon oft davon gehört, daß es andere auch machen. Können wir doch auch mal tun, unter guten Freunden doch kein Problem. Haben doch nichts voreinander zu verbergen, oder?" Pure Neugier trieb ihn zu diesem spontanen Vorschlag, nicht mehr.

"Ja, eigentlich ..., ich bin sehr überrascht." Frank war sehr verlegen. Wie aus heiterem Himmel wurde plötzlich ein Wunschtraum Wirklichkeit, in einem Moment, wo er nicht im geringsten damit gerechnet hatte.

"Willst du, oder willst du nicht, Frank? Bin ich jetzt zu weit gegangen? Dann vergiß schnell, was ich eben gesagt habe." Sascha wirkte ungeduldig. Frank schien in seinen Augen von dieser Idee nicht begeistert zu sein.

"Natürlich, warum nicht. Da ist doch wirklich nichts dabei. Du hast mich jetzt auch neugierig gemacht. Irgendwie tolle Idee von dir."

"Einem Vergleich mit dir werde ich wohl nicht standhalten können," befürchte ich." Sascha seufzte. Nun gab es kein Zurück mehr.

"Wir werden es gleich wissen. Mach du den Anfang, Sascha." Er mußte grinsen.

Sascha stand auf, öffnete seine Jeans und streifte sie mit dem Slip zugleich ab.

Franks Augen leuchteten bei dem Anblick, der sich ihm nun darbot. Fasziniered der extreme Kontrast zwischen dem völlig unbehaarten Oberkörper und dem schwarzen, undurchdringlich anmutenden Haarkranz rings um Saschas Geschlecht.

"Darauf müssen Girls doch sicherlich voll abfahren, oder?"

"Bestimmt, kannst damit zufrieden sein."

"Und nun du, Frank."
Eine gewisse sexuelle Erregung konnte Frank aber nicht verbergen,
obwohl er sich bemühte ganz cool zu wirken.
"Mann o Mann, das ist vielleicht ein Geschütz," entfuhr es Sascha
kleinlaut mit weit geöffneten Augen.
Beide standen sich einige Minuten schweigend gegenüber, was bei
Sascha auch nicht ohne Wirkung blieb.
"Deiner hat jetzt auch um einiges zugelegt."
"Mit Deinem aber doch nicht ganz zu vergleichen."
"Darauf kommt es auch wohl letztlich nicht an. Wir können uns beide
wohl nicht beklagen."
Beide verspürten unabhängig voneinander in dieser Situation den Wunsch
nach körperlicher Berührung, Frank natürlich mehr als Sascha. Beide
hatten aber zugleich den Eindruck, daß diese Konstellation außer Kon-
trolle geraten könne, so zogen sie sich wieder an und nahmen ihr ge-
meinsames Lernpensum wieder auf, allerdings waren sie nicht mehr so
bei der Sache wie vor dem Intermezzo. Jeder hing seinen Gedanken nach.
*
Das gemeinsame Lernen hatte sich für Frank und Sascha bezahlt gemacht.
Die alles entscheidende Mathearbeit hatten sie bravorös gemeistert.
Ein Grund zum Feiern.
Frank lud Sascha deshalb an einem Nachmittag zu sich ein.
Zwanglos sprachen sie über ihre alltäglichen Sorgen und Wünsche.
"Hauptsache, daß unsere Vesetzung nicht mehr gefährdet ist," freute
sich Frank.
"Zu meinem Glück fehlt mir jetzt noch ein nettes Girl." Wie sieht es
bei dir damit aus, Frank? Bei deiner Ausstattung ...." Er spielte auf
das Schwänze vergleichen an.
Frank hielt sich bedeckt. Durch unbedachte Äußerungen wollte er ihre
Freundschaft nicht aufs Spiel setzen.
"Leider Fehlanzeige, Sascha."
"Was machen wir nur falsch?"
"Ich weiß es nicht."
"Wir sind doch echt zwei tolle Typen, oder?"
"Sicherlich."
"Selbst ich mag dich, Frank."
Frank horchte auf. "Was willst du damit sagen?"
"Wenn ich dich als Mann schon toll finde, dann müssen das doch erst
recht Girls finden?" Und Sascha ging noch einen Schritt weiter. "Du
magst mich auch. Das hast du mir damals mit deinem Halbsteifen be-

wiesen."

"Worauf willst du hinaus, Sascha?" Willst du damit sagen, daß du auch
auf Männer abfährst? Könnte ich jetzt fast meinen."

"Nein, natürlich nicht. Aber es gibt wohl auch Ausnahmen, die man
nicht erklären kann. Seit dem besagten Nachmittag zwischen uns, spukst
du mir immer wieder durch den Kopf. Solche Gefühle kannte ich bei mir
noch nicht. Dein Anblick hat bei mir Spuren hinterlassen, mich auf
mehr neugierig gemacht. Ich hoffe, daß du jetzt nicht denkst, daß ich
spinne?"

"Quatsch. Wir kennen uns so gut, daß wir untereinander wohl über alles
sprechen können. Zuneigung gibt es sicherlich auch unter Männern,
Sachsa. Das ist nichts Verwerfliches." Sein Wunsch, es real zu
erleben, zog sich wie ein roter Faden durch die letzten Monate seit
dem Familienurlaub in Kärnten im vergangenen Jahr.

"Wirklich?"

"Sascha, wir hatten noch nie sexuelle Kontakte, nur in unserer
Phantasie. Das ist unser gemeinsames Problem. Wir verschmachten fast
vor fehlender körperlicher Nähe, unstillbarem Hunger auf ...."

".... Erfüllung unserer Sexwünsche," ergänzte Sascha. "Ich möchte
endlich wissen, wie das eigentlich ist, Gefühl, Zärtlickeit, life mit
einem anderen Menschen. Verstehst du das?"

"Nur zu gut, mir geht es doch genauso."

"Schön gesagt." Sascha atmete tief durch. "Hättst du Bock darauf, es
mit mir einmal ausprobieren zu wollen. Ich mag einfach nicht mehr
länger warten."

"Why not?" Innerlich bebte Frank. Er konnte sein Glück kaum fassen.
"Du hast so einen schönen Erdbeermund. Darf ich dich einmal küssen?"

"Worauf wartest du noch Frank? Tu es!"

Genießerische Stille, ein Hauch unbekannter, unfaßbarer Dimension
durchwehte den Raum.

Heiße und kalte Wonneschübe durcheilten ihre Körper bei dieser ersten
vereinigenden Berührung, dem ersten ausgelassenen Spiel ihrer beiden
Zungen .... Zwei völlig verklärte Augenpare waren unzertrennlich wie
durch einen unerklärlichen Zauber aufeinander gebannt. Nur noch leise
Worte flossen zwischen ihnen ....

"Sascha, weißt du was du mir jetzt gibst?"

"Ich denke schon. Wir beide werden heute, wenn auch ganz anders die
Erfüllung unserer geheimen Sehnsüchte erleben ...."

"Eben etwas nicht Alltägliches."

"Das auf jeden Fall. Ich bin doch nicht schwul. Ganz im Gegenteil und

verstehe in diesem Moment einfach die Welt nicht mehr."
"Gefühl, Zärtlichkeit und körperliche Nähe genießen ist nicht unbedingt geschlechtsspezifisch."
Frank streichelte sanft Saschas Oberkörper nachdem er dessen Hemd geöffnet hatte und spürte das fast vor Aufregung zerspringende Herz ....
Wenig später lieferten beide ihre lodernden Körper so wie Gott sie geschaffen hatte vorbehaltlos einander aus, wirkten wie Verdurstende,
die eine rettende Oase erreicht hatten, geblendet von der sich gegen-
seitig dargebotenen Manneskraft, zu vergleichen mit der Blütenpracht
einer Wiese im Morgentau angestrahlt im schönsten Sonnenlicht. Die
Zeit blieb stehen.
Der Rausch des über sie hereingebrochenen, leidenschaftlichen, nun
voll und ungehemmt tobenden Sturms, bescherte Frank und Sascha unbe-
schreibliche Glücksgefühle, riß sie mit, schaltete jeglichen Widerstand, ihren Verstand völlig aus.
Frank war es in diesem Moment, als ob die sich in ihm überschlagenden
Wonnegefühle seinen völlig aufgewühlten Körper zerbersten lassen
würden, er spürte sein Blut regelrecht aufkochen. Vor seinen Augen
tanzten Sterne, drohte ihm gar eine Ohnmacht? Er fühlte sich fernab
jeglicher Realität auf einem anderen Planeten. Seine bisherigen Phan-
tasien wurden von der Wirklichkeit um ein Vielfaches in den Schatten
gestellt, die letzten Sinne verloschen in ihm. Konnte es soviel ir-
disches Glück überhaupt geben?
Auch Sascha konnte sich nicht erinnern, jemals etwas vergleichsweise
Tolleres in seinem bisherigen Leben erlebt zu haben, wenngleich er
sich auch sein erstes Mal ganz, ganz anders vorgestellt hatte.
Dennoch: Diese Situation hatte auch ihre Reize.
Als das erste sexuelle Feuer gelöscht war, versanken beide Arm in Arm
in einer unendlichen Umarmung, wie Hungernde nach einem langen
Nahrungsentzug.
*
Erika Henning war gerade mit den Vorbereitungen für das Abendessen be-
schäftigt, als ihr Mann aus der Firma zurückkehrte.
"Du kommst aber spät, Martin."
"Wir ersticken in Arbeit. Erfreulich nach der Durststrecke im letzten
Herbst. Da muß man durch. Aber, ganz was anderes. Was gibt es den heu-
te abend Schönes?
"Nichts Schönes, ganz was einfaches, Spagetti Bolognese. Das hast du
dir doch schon vorige Woche gewünscht."
"Dazu paßt ein gutes Glas Wein."

"Prima Idee."

"Wo sind Heinz und Richard?"

"Du stellst vielleicht Fragen. Kannst du dir das nicht vorstellen?"

"Also zu ihren Freundinnen ausgeflogen. Und Frank?"

"Der hat Besuch von einem Klassenkameraden."

"Sollen beide doch ruhig mit uns essen."

Erika Henning trug das Abendessen aus der Küche auf, während ihr Mann eine Flasche Wein entkorkte und seiner Frau und sich davon einschenkte.

"Was trinken die Jungs wohl?"

"Cola. Steht im Kühlschrank."

"Dann werde ich sie jetzt einmal holen. Muß sowieso meine Akten ins Arbeitszimmer bringen."

"In zwei Minuten können wir essen"

Von seinem Arbeitszimmer ging Martin Henning direkt auf das Zimmer seines jüngsten Sohnes zu, öffnete die Tür und glaubte seinen Augen nicht zu trauen .... Engumschlungen fand er ihn mit seinem Klassenkameraden vor.

"Was ist denn das?"

Frank und Sascha schreckten hoch, mit einem Tuch notdürftig ihre intimsten Blößen bedeckend, zu keiner Antwort fähig.

"Als ob ich es nicht schon im vorigen Jahr geahnt hätte!"

"Ich kann dir alles erklären," begann Frank zu stottern.

"Es ist ganz anders als sie denken," ergänzte Sascha.

"Daß ich nicht lache. Hier gibt es wohl nichts mehr zu erklären. Eindeutiger geht es wohl nicht mehr, oder? Steht auf und zieht euch an!"

Martin Henning blieb wie angewurzelt stehen, beobachtete zwei völlig verstörte Gestalten, die sich mit zittrigen Händen ankleideten.

"Du verschwindest jetzt sofort! Ich will dich nicht wieder in meinem Haus sehen!"

Wortlos verließ Sascha den Raum.

"Du kommst jetzt mit! Deine Mutter wird begeistert sein!" Unsanft griff er seinen Sohn am Arm und zerrte ihm mit.

Erika Henning hatte bereits mit dem Essen begonnen.

"Laßt das Essen nicht kalt werden."

"Mir ist der Appetit völlig vergangen, Erika!"

Seine Frau sah ihn mit fragenden Augen an. "Wieso?"

"Unser Sohn hat es in unserem Haus mit einem anderen getrieben?"

"Wie getrieben?"

"Er hat sich sexuell mit ihm vergnügt!"

"Was sagst du da, Martin? Stimmt das, Frank?"

Frank hat den Kopf gesenkt und antwortete nicht.

"Arm in Arm mit einem Typen habe ich ihn erwischt! Völlig schamlos! Habe ich das nicht schon im letzten Sommer ausgesprochen? Aber mir glaubt ja keiner. Hast du es damals auch schon getrieben?"

Frank antwortete auch diesmal nicht. Martin Henning wurde wütender und schüttelte seinen Sohn. "Rede gefälligst! Antworte endlich!"

"Ich habe es nicht getrieben, nur heute ...." kam es weinerlich zurück.

"Ich glaube dir kein Wort."

"Frank," Erika Henning schaltete sich ein, "was hat das alles hier zu bedeuten?"

"Ihr versteht mich doch nicht." Frank wollte das Zimmer verlassen.

"Oh doch, wir verstehen nur allzu gut," polterte sein Vater weiter, "du bleibst hier. Und damit du es ein für alle Mal weißt: Schwule Ambitionen hat es in unserer Familie nie gegeben und wird es auch niemals geben! Damit du mich richtig verstehst, hier machen wir nicht mit! Nimm dir ein Beispiel an deinen beiden Brüdern, die wissen was sich gehört. So, jetzt kannst du verschwinden! Abendessen gestrichen!"

Allein in seinem Zimmer begann Frank zu weinen. Er hatte doch kein Unrecht begangen.

"Martin, was sollen wir jetzt tun?"

"Aufpassen, daß sich solch eine Schweinerei nicht wiederholt."

"Und wie willst du das anstellen?"

"Hausarrest."

"Das ist keine Dauerlösung."

"Weißt du etwas Besseres?"

Plötzlich sahen sie sich von Problemen regelrecht überollt, die sie nicht zu bewältigen wußten.

"Wer wollte denn damals noch unbedingt ein drittes Kind?"

"Martin, ich bitte dich."

"Jetzt haben wir die Bescherung."

"Aber er ist doch auch nur ein Mensch."

"Aber was für einer."

In diese Situation platzten Heinz und Richard und waren nicht schlecht erstaunt, als sie von Franks Neuigkeiten erfuhren.

"Wer hätte das gedacht, daß wir einen Schwuli in der Familie haben?" Heinz tat amüsiert.

"Ich finde das aber gar nicht lustig," meinte Richard, "das ist ein echtes Problem."

"Wir werden es schon in den Griff kriegen," kam es bestimmt von Martin Henning zurück.

"Ihr seid vielleicht Strategen." Erika Henning ließ ihre Männer allein. Sie wollte nach Frank sehen.

"Was hast du nur angerichtet?"

"Ach, laßt mich doch."

Das war die einzige Antwort, die sie an diesem Abend von ihm erhielt. Was war nur falsch gelaufen? Erika Henning begann zu grübeln. Eine Er- klärung hatte sie nicht.

*

Gespannte Stille an den Folgetagen.

Lediglich zum Schulbesuch durfte Frank das Haus verlassen. Man achtete darauf, daß er daheim blieb, stets unter Beobachtung. Ein beklemmender Zustand, insbesondere für Frank, der sich zunehmend mit einem Vogel im goldenen Käfig zu vergleichen begann.

Sein Verhältnis zu Sascha war frostig geworden, nicht seinerseits, sondern andererseits. Sascha war ihm gegenüber mißtrauisch geworden. Normalerweise macht man aus solch einem, in seinen Augen, kleinen Expe- riment keinen Hermann. Hatte ihm Frank vielleicht etwas verheimlicht? Hatte er ihn bewußt provoziert? Plötzlich sah er ihr Schwänze ver- gleichen mit ganz anderen Augen. Hatte er damals fast einen Steifen, weil er auf ihn abfuhr? Ihn geschickt in eine Falle gelockt? War er auf einen raffinierten Plan hereingefallen? Hatte er sich einfach von Frank einwickeln lassen? Er ärgerte sich, daß er Frank an dem zweiten bewußten Abend selbst sogar noch eine Brücke gebaut hatte. Staunte schließlich auch nicht schlecht, wie aktiv sich Frank plötzlich gab. Zugegeben, es hatte ihm ja auch Vergnügen bereitet. Aber Frank war wirklich an diesem Abend zu weit gegangen. Er hatte diese Situation restlos ausgenutzt und er selbst hatte sogar mitgemacht. Jetzt kam diese Reue zu spät. Für ihn sollte das eine heilsame Lehre sein. Frank war sicherlich schwul. Er hatte sich für nichts entschuldigt. Aus der Reaktion seines Vaters konnte man diese Tatsache auch unschwer ableiten. Normalerweise mißt man solchen Vorgängen keine allzu große Bedeutung bei. Ein pubertäres Abenteuer schien das nicht gewesen zu sein. Dennoch: Sascha schwieg sich gegenüber Dritten über das Vorge- fallene aus. Er wollte sich nicht auch noch in ein schlechtes Licht rücken. Wer gibt schon gern zu, einem Schwulen auf den Leim gegangen zu sein?

Frank hatte seinen letzten richtigen Freund in der Klasse verloren.
*

Gedanken machten sich auch Martin und Erika Henning über Frank, nun
aber über seine berufliche Zukunft.
Eines Abends fragten sie ihn beim Essen, welche Pläne er nach der
Schule verfolge.
"Ich möchte gern Friseur werden."
"Ein echter Schwulenberuf." Martin Hennings Stimme wurde laut. "Da-
raus kann nichts werden. Du machst gefälligst das Abitur und stu-
dierst. Wir wünschen, daß du einen anständigen Beruf ergreifst. Hast
du das verstanden?"
Frank senkte den Kopf und stocherte im Essen herum.
"Ob du das verstanden hast, will ich wissen. Auf eine vernünftige
Frage kann man wohl eine klare Antwort erwarten, oder?"
"Ja," kam es leise zurück.
"Na, siehst du. Wo ein Wille, da ist auch ein Weg."
Frank stand auf und ging. Er war todunglücklich. Verständnis für
seine Probleme würde er in diesem Haus wohl niemals finden. War er
denn der einzige Schwule weit und breit? Er sehnte sich nach einem
echten Freund. Aber er sah auch die Gefahren, die damit verbunden war-
en. Ständig wurde er beobachtet. Seine persönliche Freiheit war praktisch Null. Wie sollte man unter solchen Umständen einen Freund finden, mit ihm ungestört zusammmen sein können?
Beiläufig hatte er erfahren. daß es in der Kreisstadt Neustadt einen
Schwulentreff gebe, das Gay-Lokal "Why not". Dort wollte er unbedingt
einmal hin. Aber wie? Allein durfte er das Haus ja nicht mehr verlassen?
*

An einem schönen Sommerabend hatten seine Eltern die Nachbarn zum Es-
sen eingeladen.
"Das sollte man öfter machen," meinte Frau Bertram zu ihrer Gastgebe-
rin, "demnächst müssen sie unbedingt einmal zu uns kommen."
"Gern."
"Mir scheint, unsere Männer fangen das Politisieren an."
"Wollen wir nicht auf der Terrasse platznehmen. Es ist so ein herr-
licher Abend."
"Ja, einer von wenigen. Das sollte man schon nutzen."
"Mögen sie einmal meine Waldmeisterbowle probieren? Habe sie heute
nachmittag gerade frisch angesetzt."
"Da sage ich nicht nein."

Zwischen beiden Frauen entspann sich ein Gespräch über Alltag und
Familie.

Plötzlich ließ sie ein dumpfes Geräusch aufhorchen.

"Was war das, Frau Henning?"

"Kommt aus dem Blumengarten."

"Sollten wir nicht nachschauen?"

"Vielleicht ist nur ein Tier vorbei gehuscht. Aber sie haben recht."

Beide Frauen waren neugierig geworden. Sie verließen die Terrasse,
schritten über den Rasen, erreichten die Hausecke .... und erschraken.

In einem Blumenbeet lag Frank und krümmte sich stöhnend vor Schmerzen.

"Frank!"

"Der hat sich verletzt. Sein Hemd ist zerrissen. Sehen sie mal, wie er
blutet." Und als sie Frank erreicht hatten, "eine große Wunde am Oberkörper."

"Wir müssen einen Arzt rufen! Bleiben sie bitte bei ihm. Ich will
rasch ins Haus."

Dann ging alles sehr schnell. Bereits zehn Minuten später wurde Frank
ins Kreiskrankenhaus Neustadt abtransportiert.

Die riesige Fleischwunde mußte genäht werden und hinterließ eine große
Narbe.

*

Für Martin und Erika Henning war es klar, daß Frank an jenem Abend
versuchen wollte, heimlich das Haus zu verlassen.

"Das hast du nun davon, Martin. Wir können ihn doch nicht noch anket-
ten."

"Nein, das können wir leider nicht."

"Meinst du nicht, daß ihn das Schicksal jetzt genug gestraft hat?"

"Vielleicht, ich weiß es nicht."

"Wir können ihn nicht wie einen Gefangenen behandeln."

"Und wer gibt uns einen Garantieschein dafür, daß er nicht wieder neu-
en Unfug anstellt?"

"Ich werde ihm nochmals kräftig ins Gewissen reden."

"Frauen!"

"Wir müssen ihm eine Chance geben. Jetzt erst recht."

"Das ist nun dein Problem. Meine Einstellung kennst du. Schwule Um-
triebe dulde ich in meinem Haus nicht. Du weißt warum."

"Ja, natürlich."

"Ich kann wohl verlangen, daß man meine Wünsche respektiert, zumindest so lange wie Frank noch von uns abhängig ist. Später kann er
meinetwegen machen, was er will. Aber dann ohne uns. Sollte er wirk-

lich schwul sein, ist er für mich gestorben."
Harte Worte, die Erika Henning unbeantwortet ließ. Sie wollte die
Hoffnung nicht aufgeben, daß sich nicht doch noch alles zum Guten hin
wenden möge. Sie flüchtete sich in Illusionen.
*
Frank spürte Tag für Tag, daß er von seinem Elternhaus in seiner
Situation nichts Gutes zu erwarten hatte. In seiner Klasse war er iso-
liert. Er fühlte sich unverstanden und vorallem einsam.
An einem Abend fuhr er nach Neustadt, um dort das Schwulenlokal "Why
not" aufzusuchen.
Die Atmosphäre gefiel ihm. Hier begegneten ihm Männer, die sein
Schicksal teilten. Er sah wie untereinander Kontakte geknüpft wurden.
Aber was wollte er eigentlich hier? So wie er war, wirkte er wie ein
Mauerblümchen. Was blieb, waren Träume, mehr nicht.
Nach ein oder zwei Glas Cola verließ er stets allein, wie er gekommen
war, das Lokal.
"Ein schöner Blondschopf," meinte Gero hinter der Theke eines abends
zu Peter, einem seiner zahlreichen Stammgäste.
"Aber mehr auch nicht. Der scheint große Probleme zu haben. Ich habe
ihn noch nie lächeln gesehen."
"Die reinste Mimose."
"Verklemmt bis zum geht nicht mehr."
"Abwarten."
Zu dieser Zeit tauchte auch Michael Hollmann erstmals im "Why not"
auf. Nicht nur die Anwesenden, allen voran Peter, waren von seinem
Aussehen geblendet, nein, auch Frank. Wieder einmal begegnete er seinem Traumtyp Mann, noch treffender als Robin und Sascha und dazu auch
noch schwul, wie er. Ein Mann, vor dem man sich nicht verstellen
mußte, zu dem man offen und ehrlich sein durfte. Aber sicherlich
suchte er auch nur einen schnellen Kontakt, wie die meisten Anwesenden
hier, und als er sich am ersten Abend rasch mit Peter auf und davon
machte, schien sich sein Verdacht bestätigt zu haben. Er schien nicht
besser als die anderen, wahrscheinlich auch nur eine Abenteurernatur.
An diesem Abend verließ Frank erst recht niedergeschlagen das "Why
not".
Um so überraschter war er, als sein Idol einige Wochen später das "Why
not" wieder besuchte, sogar mit einer gewissen Regelmäßgigkeit. Länger
als auf ein Glas Orangensaft blieb er nie.
Frank begann zu träumen. Träumen durfte er ja. Deshalb war er auch ge-

kommen. Nur fortan hatten seine Träume einen realen Inhalt, eine
schöne Illusion, die seinem trüben Alltag ein wenig Glanz verlieh ...,
bis zu dem entscheidenden Samstagabend, der zwei Leben in völlig neue
Bahnen lenken sollte ....

*

Frank nahm einen großen Schluck Cola zu sich. "Michael, verzeih, daß
mir das alles nun eben so einfach herausgerutscht ist. Hoffentlich
habe ich dich nicht gelangweilt mit meinen Problemen? Aber, wann und
mit wem soll ich denn sonst darüber sprechen?" Frank senkte den Kopf
und schluckte.
Michael ergriff seine feuchte, kalte Hand.
"Frank, hör mir einmal genau zu."
"Ja."
"Frank, ich weiß nicht recht, wie ich´s sagen soll. Wenn ich dich
richtig verstanden habe, brauchst du jemand. Nur ab und zu Atmosphäre
schnuppern, das bringt nichts. Du machst dich verrückt und kommst
schließlich völlig auf den Hund. Meinst du nicht auch, daß zu zweit
vieles besser gehen kann?"
Frank sah ihn ungläubig an. "Willst du damit sagen, daß du mein Freund
werden möchtest, nicht nur so für ein One-Night-Stand? Meinst du es
wirklich ehrlich mit mir?"
Michael nickte. Nun ergriff Frank seine Hand und drückte sie fest.
"Einfach zu schön, um wahr zu sein."
"Es ist aber wahr. Ich verstehe deine Sorgen. Meine Familie weiß,
daß ich schwul bin und haben es akzeptiert. Wir sind keine Menschen
zweiter Klasse. Unser Lebens- und Daseinsrecht kann uns niemand strei-
tig machen."
"Ich glaube es dir, Michael. Übrigens, du hast mir noch gar nicht er-
zählt, was du eigentlich beruflich machst."
"Bisher bin ich auch kaum zu Wort gekommen. Ich mache eine Lehre als
Industriekaufmann. Im nächsten Sommer bin ich fertig. Und ich werde
auch übernommen."
"Schön für dich."
Frank leerte sein Glas und Michael trank seinen Rest O-Saft aus.
Gibt es Liebe auf den ersten Blick? Heute schien es so zu sein.
"Michael, ich bin an diesem Wochenende allein daheim. Meine Eltern
sind verreist. Kommst du mit zu mir nach Haus? Hast du Zeit?"
"Na klar, gern, Frank."
"Auf einmal ist es mir hier einfach zu eng."
Sie bezahlten und verließen das "Why not".

"Wo wohnst du Frank? Wir können mit meinem Auto fahren?"

"In Waldkirch, und du?"

"Auch in Waldkirch."

"Irrer Zufall."

"Ich wohne Johann-Peter-Hebel-Str. 54 a, und du?

"Johannes-Gutenberg-Str. 13."

"Schöne Ecke."

"Was macht dein Daddy?"

"Polizist im öffentlichen Dienst. Begeistert war der auch nicht von meinem Schwulsein, aber er hat´s gefressen. Ob es unseren alten Herren nun paßt oder nicht. Unser Schwulsein haben wir uns nicht ausgesucht und das müssen sie halt kapieren, ob sie wollen oder nicht. So einfach ist das."

"Meinst du, Michael. Ich kann deine Einstellung nur bewundern."

"Bisher habe ich sie nicht lauthals vertreten müssen, einen richtigen Freund habe ich auch noch nie gehabt."

Kurze Zeit später erreichten beide Waldkirch.

"Frank, was ist eigentlich mit deinen beiden Brüdern? Die könnten uns überraschen und dann hast du wieder mächtig Zopf."

"Weißt du, das ist halb so schlimm. Am Wochenende sind die meist mit ihren Freundinnen unterwegs und kommen, wenn überhaupt, erst spät zurück. Dann haben sie andere Dinge im Kopf, als sich um ihren schwulen Bruder zu kümmern."

Michael staunte nicht schlecht über die geschmackvolle Ausstattung. Neben einem modernen Schrank befand sich ein mehrfächigeres Regal, von oben bis unten mit Büchern gefüllt, an einer Seite davon prangte ein lebensgroßes Poster von David Bowie. Andererseits ein zu beidem passender Schreibtisch und eine große Schlafcouch. Zwischen allem eine Sitzecke mit Stereoanlage und zwei Korbsessel. Ein schöneres Zuhause konnte man sich gar nicht wünschen.

"Sag mal, Frank, hast du etwa alle diese Bücher schon einmal gelesen?"

"Nein, wo denkst du hin, Michael. Aber nun will ich dir jetzt einmal etwas Schönes zeigen."

Er ging zum Bücherregal und holte ein Fotoalbum hervor.

"Nun stelle ich dir einmal meine widerliche Familie vor."

Michael begann interessiert in dem Album zu blättern.

"Deine beiden Brüder sehen ja auch direkt zum Verlieben aus."

"Vorsichtig, sind beide genau das Gegenteil von mir."

"Das sollte doch auch nur ein Witz sein. Ich habe ja jetzt dich gefunden. Was brauche ich noch mehr?"

"Möchtest du etwas trinken, Michael? O-Saft habe ich leider keinen.
Tut es auch Cola?"

"Logo."

Frank schenkte Michael und sich ein Glas Cola ein.

"Bleibst du über Nacht bei mir?"

"Habe ich eigentlich nicht vor. Ich kann doch morgen wiederkommen."

"Michael, ich bin so unendlich einsam."

Sie schwiegen.

Nun war es so still in Franks Zimmer, daß man das Fallen einer Steck-
nadel auf den Fußboden hätte hören können.

Sie tauschten Blicke untereinander - Blicke, die mehr sagten als 1000
Worte.

"Ich werde ein wenig Musik machen," unterbrach Frank plötzlich die
eingetretene Stille. Er stand auf und zog ohne langes Suchen aus zahlreichen CDs eine bestimmte hervor. Ihr Titel lautete "Je t`aime."

Die Bedeutung dieser Wahl war Michael sofort klar und er hatte sich
wirklich nicht getäuscht. Frank legte sich auf seine Schlafcouch, die
bequem Platz für zwei bot.

"Wollen wir denn nur so herumsitzen? Michael, komm zu mir." Er sah ihn
mit flehenden Augen an.

"Ich wüßte nicht, was ich lieber täte."

"Also, dann zier dich doch nicht so, komm endlich. Ich weiß schon gar
nicht mehr, wie das ist, körperliche Nähe ...."

Michael setzte sich neben Frank. Seine Augen musterten die seinen, umgekehrt war es genauso. Mit seiner rechten Hand strich Michael über
Franks Gesicht und konnte schließlich nicht widerstehen. Er mußte ihn
küssen. Frank drückte, nein, presste ihn in diesem Moment ganz fest an
sich und es schien, als ob er ihn gar nicht wieder loslassen wollte,
wie ein Ertrinkender den rettenden Strohhalm.

"Michael, du bist Klasse!"

"Wieso?"

"Ich wußte noch gar nicht, das Küssen so schön sein kann."

"Armer Junge, hast du denn noch keine richtigen Erfahrungen gesammelt?"

"Nein, wie denn nur?"

"Nun, viel mehr Erfahrungen als du habe ich aber auch nicht." Er
dachte wieder einmal an seine ersten Erfahrungen mit Peter, der sich
vordergründig nur für sein Geschlecht interessiert hatte. Das war ihm
zu billig. Allein der Gedanke daran wirkte auf ihn jetzt völlig ab-
stoßend. In diesem Moment war alles ganz anders, unvorstellbar

anders, angenehm anders.

Frank fuhr mit seinen Händen durch Michaels schwarzes Haar.

"Wie schön, wie weich." Und nach einer kurzen Pause fügte er noch hinzu: "Ich glaube, daß ich rettungslos in dich verknallt bin."

"Frank, was glaubst du, was ich wohl bin? Warum wäre ich sonst hier mit dir allein?"

"Ehrenwort?"

"Ja, Ehrenwort?"

Michael begann an Franks Hemd zu nesteln und die obersten Knöpfe zu öffnen. Frank begann sich dagegen zu wehren.

"Ich denke, du willst ein wenig Nähe, ein wenig mit mir kuscheln?" fragte Michael erschrocken.

"Doch Michael, natürlich. Nur ich habe ein wenig Angst, du könntest dich durch meine große Narbe auf meinem Oberkörper abgestoßen fühlen."

"Tust du nur so doof oder bist du's wirlich?" unterbrach ihn Michael vorwurfsvoll. "Das Innere ist wichtiger als das Äußere."

Er küßte Frank wieder und der gab seinen Widerstand auf. Nun lag er mit nacktem Oberkörper vor ihm, der in der Tat durch eine Narbe ein kleinwenig entstellt wirkte.

"Michael, bitte hab mich ganz lieb. Ich weiß überhaupt nicht, wie das eigentlich ist, Gefühl - Zärtlichkeit - Liebe. Halt zu mir, ganz gleich was auch passieren wird, sei mir wirklich ein ehrlicher Freund. Versprichst du mir das?"

Michael nickte. "Ich werde dich bestimmt nicht enttäuschen." Seine Gesichtszüge schmolzen zu einem Meer Glückseligkeit. Frank war der Partner, von dem er immer geträumt hatte. Mit seiner rechten Hand fuhr er durch Franks blondes Haar.

Frank zog ihn fest an sich.

"Michael."

"Ja, was ist denn nur mit dir los?"

"Michael, ich kann es immer noch nicht fassen."

"Was kannst du denn in Gottes Namen einfach nicht fassen?"

"Das du hier bei mir bist." Er zog Michaels Hemd aus. "Du hast ja überhaupt keine Haare auf der Brust."

"Na und?"

"Ich mag Haare auf der Brust, so wie bei mir."

"Nobody is perfect. Mann kann nicht alles im Leben haben."

"Dafür scheinst du aber mehr in deiner Hose zu haben. Sie ist ja vorn mächtig ausgebeult."

"Ansonsten geht's dir aber gut?"

Frank zog Michaels Jeans aus. Bis auf seinen Blicke auf sich ziehen-
den Slip lag er nun völlig nackt vor ihm.
"Meiner ist auch klein schon groß." Michael verschränkte seine Hände
hinter seinem Kopf, genoß einen Momet lang seine sexuelle Ausstrahlungskraft gegenüber Frank. Zugegeben, ein wenig stolz war er schon
auf seine überdurchschnittliche Mannespracht. Und welcher Mann ist das
wohl nicht? Mit "Was magst du denn noch so alles?" beendete er das vi-
suelle Intermezzo.
Frank strich über Michaels stark behaarte Oberschenkel und wollte auch
das schönste, sich mittlerweile noch markanter abzeichnende Geheimnis
lüften.
Davon hielt ihn Michael aber ab. "Schwanz ist nicht alles. Warte doch
noch damit Frank, bitte. Ich möchte nicht das Gefühl haben, daß es dir
letzlich doch nur auf Sex ankommt. Das läuft nicht, das ist mir
einfach zu wenig. Verstehst du? Wir haben uns bisher so prima verstanden. Ich möchte nicht, daß unser gemeinsamer Traum gleich wieder wie
eine Seifenblase zerplatzt, bevor er überhaupt erst richtig angefangen
hat." Er mußte wieder an Peter denken.
"Ich wollte doch nur ...."
"Ich weiß schon genau was du nur wolltest." Michael wollte genau
wissen, inwieweit er Franks bisherigen Worten Glauben schenken durfte,
ob er wirklich mehr als nur Sex von ihm wollte. Für ihn in diesem
Moment der wichtigste Punkt überhaupt, obwohl er ihn ja soeben regelrecht provoziert hatte. "Alles zu seiner Zeit, jetzt nicht."
"Schweig!"
"Ja, ich schweige. Hauptsache, du bist auch ein ganzer Mann."
"Bin ich, darauf kannst dzu dich verlassen. Wenn du schon nicht
willst, ich zeige dir gern sofort mein bestes Stück" Zog seine Jeans
aus und wollte dann ....
Michael hielt ihn zurück. "Nein, untersteh dich, oder willst du mich
ganz schnell wieder loswerden?" Er schaute ihm ganz tief in die Augen.
"Warum schaust du mich so an?"
"Weil du so schöne blaue Augen hast."
"Und du hast so schöne schwarze."
Frank schluckte. "Ich könnte dich den ganz Tag so anblicken."
"Wirklich? Könntest du? Das klingt schon ganz anders."
"Ich mag dich sehr und möchte dich wirklich nicht wieder verlieren."
"Glaube ich dir. Doch rede nicht so viel. Küß mich lieber."
Wie lange dieser Kuß dauerte ... für beide war es fast eine Ewig-
keit. Sie genossen den engen körperlichen Kontakt, fühlten den pochen-

den Herzschlag des anderen und versanken in einem Meer gegenseitiger
Gefühlszuwendungen.
Dann entbrannte zwischen beiden eine spielerische, ausgelassene Balg-
rei.
"Und nun?" wisperte Frank leise in Michaels Ohr, der nach wie vor nur
zu gern einmal das gesehen hätte was den Stoff von Michaels Slip fast
bis zum Zerreißen wölbte.
"Ich weiß nur zu genau, worauf du ständig hinaus willst. Im "Why not"
hatte ich aber den Eindruck, daß wir Anderes suchen, als nur das Eine,
oder? Muß denn alles gleich auf einmal passieren, müssen alle Geheimnisse auf einmal gelüftet werden? Vor uns liegt noch so viel Zeit -
viel Zeit, um alles Schöne gemeinsam richtig auszukosten."
Franks Kopf ruhte nun in seinem Schoß. Seine linke Hand streichelte
seine behaarte Brust, sein Blick bemerkte beiläufig eine Veränderung
zwischen seinen Schenkeln, ignorierte dies und richtete bewußt seine
Augen auf das Gesicht von Frank.
"Frank, ich glaube, wir wissen jetzt wohl, daß wir einander sehr mögen
und wollen hoffen, daß alles so wird, wie wir uns das wünschen und
vorstellen. Es wird nicht immer Zuckerschlecken sein. Wo Licht ist
wird auch viel Schatten sein. Aber wir werden das schon schaffen, uns
durchzubeißen. Was meinst du, Kleiner?"
"Sag doch nicht Kleiner zu mir. Du, ich bin auch ein Großer."
"Das habe ich auch nicht anzweifeln wollen, das ist mir auch nicht
entgangen."
"Mit dir kann ich aber nicht mithalten."
"Womit wir wieder einmal beim Thema Schwanz angelangt wären, dem Lieb-
lingsthema Nr. 1 von uns Schwulen."
"Daran kommt man einfach nicht vorbei."
"Nun laß dieses Thema aber endlich einmal ruhen. Körperkontakt, fühl-
ende Nähe, ist schön, reiner Sex etwas Anderes. Du, morgen ist Sonn-
tag. Wir könnten zuerst einmal ins Hallenbad gehen und dann haben wir
noch sehr viel Zeit für uns. Und dann sollst du auch endlich zu deinem
Recht kommen. Du darfst dann auch mein letztes Geheimnis lüften und
noch viel mehr .... Ist das etwa nichts?"
"Versprochen?"
Michael nickte. "Laß uns erst einmal über alles schlafen. So viel
Neues an einem Tag. Morgen sieht die Welt ganz anders aus."
"Viel schöner als mit dir kann sie nicht mehr sein." Frank strahlte.
Nun mußte auch Michael über das Gesicht lachen. "Haben wir auch so
heute nicht viel Spaß gehabt?"

Frank nickte zustimmend.
Beide zogen sich langsam wieder an.
Zum Abschied umarmten sie sich lang.
"Ich freue mich riesig auf morgen."
"Punkt Drei am Hallenbad."
*

Am nächsten Tag vergnügten sich Michael und Frank fast eine Stunde im
kühlen Nass. Bisweilen bemerkten sie neidische Blicke anderer Mitba-
dender, insbesondere wegen ihres Aussehens. Vielleicht tummelten sich
sogar noch andere Schwule in den Fluten, oder war es nur ihre Augelas-
senheit, ihre Vorfreude auf das später noch Bevorstehende? Einmal
fielen sie sich im Wasser um den Hals und lachten sich an.
"Diese Jugend heutzutage," murmelte eine ältere Frau, die gerade vor-
beischwamm, "in meiner Jugend hätte man das nicht gemacht."
Als beide das Hallenbad verlassen hatten, meinte Michael zu Frank:
"Du wirkst heute ganz anders auf mich. Ausgelassen ohne Ende."
"Wundert dich das?"
"Ein wenig schon."
"Kannst du meine Freude nicht verstehen, endlich einen Menschen ge-
funden zu haben, dem man offen sagen darf, was man wirklich denkt und
der das auch versteht?
"Vorallem jemand, dem man offen schwul gegenübertreten darf und auch
seine Gefühle voll erwidern möchte."
"Gibt es etwas Tolleres?"
"Ich wüßte nicht was."
"Michael, ich fühle mich so frei wie nie zuvor."
Wenig später waren beide in Franks Zimmer allein.
Frank konnte es kaum noch erwarten. Stürmisch umarmte er Michael und
flüsterte in sein rechtes Ohr.
"Du hast mir doch gestern etwas versprochen."
"Genüge ich dir so noch nicht?"
"Nein, ich will endlich alles von dir."
"Mit "Alles" meinst du sicherlich nur mein bestes Stück?"
"Nein, nicht nur das. Vorallem möchte ich mit dir endlich alles ge-
nießen, was zwischen zwei Männern möglich ist, die sich mögen, offen
und ehrlich."
"Das klingt schon besser."
"Darf ich dich ausziehen?"
Michael legte sich auf Franks Schlafcouch und blickte seinen neuen
Freund schelmisch an. "Mach mit mir was du willst."

"Danke, daß du mir deinen ganzen Körper schenken willst." Frank küßte Michael zärtlich. Doch dann gab es für ihn kein Halten mehr. T-Shirt und Jeans riß er Michael förmlich vom Leibe, hielt dann aber einen Moment inne, zwei Augenpaare trafen sich, zustimmendes Nicken durch Michael ..., behutsam streifte Frank Michaels Slip von seinen Lenden.. Nun konnte Frank zum ersten Mal Michaels noch friedlich ruhenden Schwanz in Natura betrachten ..., das Ziel seiner Träume, das seinen Blick regelrecht fesselte ....

Eine ganze Weile umhüllte beide andächtiges Schweigen, bis sich schließlich Michael zu Wort meldete und Frank in die Realität zurückholte.

"Nun ist es aber wohl gut, Frank. Hast du noch nie einen Schwanz gesehen?"

"Doch, ja einmal. Aber Deiner ist so gewaltig .... kraftvoll .... und dabei noch nicht einmal ...."

"Gleiches Recht nun aber auch für mich."

Wenige Augenblicke später hatte sich Frank auch in einen Adam verwandelt.

"Deiner ist aber auch nicht zu verachten, Frank."

"Wirklich?"

"Ja, ja, tolle Spielzeuge, die wir da haben ..., aber Schwanz ist nicht alles."

"Verzeih, daß ich das einmal einen Moment vergessen hatte." Frank grinste.

Als Michael weit nach Mitternacht schließlich nach Haus fahren wollte, schien Frank ein wenig wehmütig.

"Jetzt, wo du gehst, Michael, fühle ich mich einsamer und verlassener als jemals zuvor. Heute habe ich zum ersten Mal erfahren und spüren dürfen was Liebe, Glück wirklich bedeuten. Bitte sei mir wirklich ein Freund und halte zu mir. Versprichst du mir das?"

"Ehrenwort, Frank. Aber du mußt mir auch versprechen, dich für deine Rechte mehr und richtig einzusetzen. Du bist ein vollwertiger Mensch wie jeder andere auch. Vergiß das niemals."

"Das verspreche ich dir."

Positiver Ausklang eines einschneidenden, ereignisreichen Wochenendes. Michaels und Franks daran verknüpfte Erwartungen waren um ein Vielfaches übertroffen worden.

*

Am 23.12. heirateten Ulrich und Dorothee und zogen zu Hollmanns Schwiegerelten in den Nachbarort. Am 13. Januar kam ihr gemeinsames

Kind, Sonja-Marie, zur Welt.

Michael wurde bei der am 15. Februar folgenden Taufe Patenonkel. Wie auch bei der kirchlichen Hochzeitszeromonie, so war es auch diesmal wieder der allseits beliebte Pfarrer Theodor Brinkmann, dem das junge Paar gegenüberstand. Ulrich und Michael wurden von ihm auch schon konfirmiert.

*

Am folgenden Samstag traf Michael sich mit Frank im "Why not", ein Ort, an dem sie sich stets ungestört fühlten, fast schon eine zweite Heimat für sie geworden. Allerdings sollte das kein Dauerzustand werden. Frank sprach zum ersten Mal offen seine schulischen Probleme gegenüber Michael an.

"Ich raffe das einfach nicht."

"Das war auch wohl die reinste Schnapsidee von deinem Vater."

"Aber er finanziert doch alles."

"Der hat sie doch nicht mehr alle."

"Aber einen schwulen Figaro wollte der nicht in der Familie haben."

"Daß du dir das überhaupt bieten ließest. So kannst du auf keinen grünen Zweig kommen. So geht das einfach nicht mehr weiter."

"Aber was soll ich nur machen? Hast du eine Idee?"

"Wir müssen und werden schon eine Lösung finden."

"Aber ganz schnell ...."

Während beide über Lösungsmöglichkeiten nachdachten, gesellten sich Peter und sein angeblicher Freund Heiko zu ihnen, die auch gerade zufällig gekommen waren.

Michael erlag dem Eindruck, daß sich Peter seit dem vergangenen Jahr doch gewandelt hat und ließen sich von beiden arglos nach Haus einladen.

Was Michael und Frank allerdings nicht ahnten: Man will sie dort nur verführen.

"Sag mal, Peter," wollte Michael neugierig wissen, "wohnt ihr hier eigentlich zusammen?"

"Nein, nein," entgegnete Peter, "Heiko ist LKW-Fahrer und viel unterwegs. Vielleicht eines fernen Tages. Kommt ganz darauf an."

Er verschwieg lieber, daß sie sich auf einem Autobahnparkplatz kennengelernt hatten. "Aber so oft er kann, ist er natürlich bei mir."

"Das hört sich nicht schlecht an."

"Heiko ist ein wahrer Meisterkoch. Darum ist er jetzt auch in der Küche, um uns eine Kostprobe seines Könnens zu zaubern. Will mal gerade nach ihm sehen, wie weit er damit ist." Und verschwand.

"Wie findest du beide, Frank?"

"Ich weiß nicht recht. Nachdem was du mir von ihm mit dir erzählt hast, bin ich skeptisch."

"Menschen können sich auch zum Positiven hin verändern."

"Schon möglich."

In der Küche war Heiko eifrig mit der Vorbereitung eines Gemüseauflaufes beschäftigt als Peter eintrat.

"Nun, wie läuft's?" wollte er neugierig wissen.

"Ich denke gut. Den Frank sollten wir abfüllen, damit er nichts mehr merkt. Michael vernaschen wir erst recht. Der hat vielleicht ein Mordsinstrument in der Hose. Heiko, du wirst Bauklötze staunen. Von sowas hast du bestimmt schon immer geträumt."

"Und wie." Heiko lachte spitzbübisch.

Michael sah sich inzwischen im Wohnzimmer um. Neben einem Schrank entdeckte er vier gerahmte, in künstlerischer Pose dargestellte Portraits junger Männer, völlig nackt, zwei in freier Natur, zwei auf einem Bett liegend.

Peter kehrte gerade aus der Küche zurück. "Wir können gleich essen."

"Peter, hast du die Fotos gemacht?"

"Aber ja, sonst ständen sie nicht da. Ich fotografiere gern. Aber nicht nur Männer. Es sind zwei Urlaubsbekanntschaften und ein Freundespaar, jeder einzeln, die ich einmal in Stuttgart kennengelernt habe."

"Die Aufnahmen gefallen mir."

"Nun können wir essen." Heiko war eingetreten. "Laßt es euch nur gut schmecken. Dazu gibt es einen schönen Weißherbst."

"Habt ihr auch etwas Alkolfreies?" entgegnete Michael.

"Ja, eine Cola wäre mir auch lieber," ergänzte Frank.

Wenn ihr unbedingt wollt." Heiko wirkte ein wenig enttäuscht. Mit seinem Abfüllplan schien es nicht funktionieren zu wollen.

Michael und Frank waren von dem Gemüseauflauf begeistert.

"Du bist wirklich ein guter Koch," kommentierte Frank, "dazu kann man Peter nur beglückwünschen."

Heiko freute sich über dieses Kompliment.

Michael kam auf das vor dem Essen angeschnittene Thema Aktfotos zurück.

"Offen gestanden. Ich hätte auch gern einmal solche Fotos von mir. Hättest du Lust, welche von mir zu machen?"

Damit hatte Peter nicht im Entferntesten gerechnet. Er zwinkerte Heiko zu, als wolle er sagen 'Die Sache läuft ja auch so wie geschmiert.'

Und so ergriff er sofort die Initiative.

"Gern, wenn du willst sofort."

"Sofort?" Michael war überrascht. Das es so schnell klappen würde, damit hatte er nicht gerechnet. "Warum nicht?"

"Und wie steht es mit deinem Freund?" Den hätte Peter ja auch zu gern einmal nackt gesehen, besonders das, was er zwischen seinen Beinen trug. Das kannte er ja noch nicht.

Frank dachte an seine Narbe. Unbedingt fotogen war er damit nicht. "Das muß ich mir erst noch ein wenig überlegen. Vielleicht kann ich mich ja dazu entschließen, wenn mich Michaels Fotos überzeugen sollten." Er könnte ja sein T-Shirt anbehalten und damit seinen Schönheitsfehler verdecken. Ja, das war überhaupt die Idee! So ginge es natürlich. "Also, wenn du schon Aktfotos von Michael machen willst, dann halt auch von mir."

Michael seinerseits konnte sich nur allzugut vorstellen, warum Frank erst ein wenig gezögert hatte. Ihm ist sicherlich zu seinem kleinen Problem etwas eingefallen. Jedenfalls fand er es toll, daß Frank auch den Mut aufbrachte. Für Michael war es nichts Ungewöhnliches sich anderen gegenüber nackt zu zeigen. Vom Duschen mit seinen Mannschaftskameraden her war er das gewöhnt und nichts Außergewöhnliches.

"Dann haben wir uns ja bald immer ständig griffbereit zur Hand," witzelte Michael," und so wie wir uns das auch oft genug wünschen."

"Das ist ja heute bei dir fast wie Weihnachten," flüsterte Heiko Peter zu.

Alle gingen nun in Peters geräumiges Schlafzimmer. Aus einer Nachttischschublade zauberte Peter Fotoapparat und Blitzlicht und vorallem einen Film hervor.

"Ihr wollt doch wohl Papierbilder haben?"

"Na was denn wohl sonst?" Michael begann sich bis auf seinen Slip langsam auszuziehen, räumte das Bettzeug zur Seite, setzte sich dort in Positur und verfolgte mit Neugier Peters Vorbereitungen.

Er zweifelte nicht daran in diesem Moment einen Fehler zu begehen. Nacktheit war für ihn ein natürlicher Bestandteil des täglichen Lebens.

Frank sah das nicht ganz so unkompliziert. Aber wenn Michael nichts Verwerfliches darin sah, sich nackt ablichten zu lassen, dann sollte das für ihn wohl auch kein unüberwindliches Problem darstellen.

Heiko wirkte zwar äußerlich ruhig, innerlich war er jedoch völlig aus dem Häuschen. Er freute sich auf eine außergewöhnliche und vorallem fette Beute. Peter war unbezahlbar. Er verstand es schon richtig Män-

ner aufzureißen. Ihm war diesbezüglich weniger Glück beschieden. So
wollte er ihn auch als 'Freund' nicht verlieren. Ihre gemeinsame Er-
oberungssucht, ihr fast unstillbarer sexueller Hunger, ständig mußte
es etwas Neues sein, schmiedete aus ihnen eine schicksalhafte Gemein-
schaft.
Freundschaften können auch so aussehen.
Michael verstand es, sich bei den ersten Aufnahmen immer richtig in
Position zu bringen, seine erotische Ausstrahlungskraft auf ein Maxi-
mum zu erhöhen. Heikos Augen waren nur noch auf das riesige Paket
zwischen seinen Beinen gerichtet, das Michael bei verschiedenen
Aufnahmen besonders wirkungsvoll und ausgeprägt darbot und zur vollen
Geltung brachte.
Inzwischen zog sich auch Frank langsam aus.
"Willst du nicht auch dein T-Shirt ausziehen?"
"Besser nicht, Heiko," hob es hoch und zeigte ihm seine Narbe, "die
ist nicht unbedingt fotogen."
Heiko nickte. Auch zwischen Franks Beinen schien sich ein recht
interessantes Geheimnis zu verbergen. Er fühlte sich heute abend wie
in einem sexuellen Schlaraffenland.
"Nun stellt euch einmal beide nebeneinander, schaut euch verliebt
an .... Michael, geh mit deiner Hand unter Franks T-Shirt ... das
sieht gut aus ... bleibt so, das Ganze noch einmal im Großportrait ...
und nun jeder einmal ganz nackt."
Wie selbstverständlich gaben nun beide auch den Anblick ihrer intimsten Stellen Peter und Heiko preis.
"Damals, an dem Abend, als wir uns kennenlernten, hast du dich aber
ganz schön geziert," entfuhr es Frank.
"Das war auch eine ganz andere Situation, oder? Da hattest du ganz
andere Pläne mit meinem besten Stück. Nur zeigen oder damit spielen
wollen, das ist ein großer Unterschied."
Als ob es das Normalste auf der Welt war, legte sich Michael auf Peters Bett nun wieder in Positur.
Soviel pure Männlichkeit, die sich aus dichtem, pechschwarzen Scham-
haar hervorwölbte, hatte Heiko zuvor in Natura in seinem Leben noch
nicht gesehen. Alles wirkte überdimensioniert, aber wohl proportion-
iert, fast ein malerische Kunstwerk.
Michael bemerkte Heikos Faszination. "So bin ich nun mal halt gebaut.
Das ist meine anatomische Realität, reiner Alltag für mich."
Kein Wort darüber, daß er und Frank sich in diesem Moment für mehr
interessierten, geschweige denn gemeinsamen Sex.

Außergewöhnlich groß, nie zuvor in diesem Umfang gesehen, wirkten auf
Heiko auch Franks Hoden. 'Zwei sexuelle Wunderknaben,' schoß es Heiko
durch den Kopf.
Nun machte Michael seinem Freund Frank platz. Auch mit seinem T-Shirt
wirkte er duchaus noch sehr erotisch, vielleicht sogar noch
erotischer.
"Legt euch beide zusammen ... küßt euch einmal ... toll, eure geöffneten Schenkel überragt von einem zärtlichen Kuß. Einfach super."
In seiner wachsenden, auch sexuellen, Begeisterung vergaß er alle Hemmungen und übersah natürliche Grenzen auf Seiten von Michael und
Frank. "Nun geht euch einmal an die Schwänze, laßt sie zu vollem Leben
erwachen."
"Ich glaube," Michael war plötzlich wie ausgewechselt, "Peter, damit
wir uns nicht mißverstehen, für Pornofotos stehen wir in keiner Weise
und niemals Modell. Unsere intimsten Geheimnisse geben wir nicht preis
und stellen wir Dritten gegenüber nicht zur Schau, auf das sie sich
daran aufgeilen können. Mit Dokumentation natürlicher Nacktheit hat
das nämlich nichts mehr gemeinsam. Für solche Späße mußt du dir ein
anderes Duo suchen. Kapiert?"
"Ok. Es war ja auch nur eine Idee von mir," kam es diplomatisch
gleichgültig von Peter zurück. Manchmal kann man nicht alles auf einmal haben. Aber sie mußten ja auch noch ihre Bilder abholen. Dann
würde man die besprochenen Pläne sicherlich vorteilhaft umsetzen
können. Hatte er damals Michael völlig überrumpelt, so dürfte das wohl
leicht wiederholbar sein. Fingespitzengefühl im Umgang mit seinen Er-
oberungen besaß er, um zum ersehnten Ziel zu kommen. Heute galt es
eben dafür die nötige vertrauensvolle Atmosphäre zu schaffen.
*
Einige Tage später wollten Michael und Frank ihre Aktfotos abholen.
Heiko war auch anwesend. Die Fotos waren schön geworden, beide davon
begeistert.
"Was bekommst du dafür Peter?" fragte Michael arg- und ahnungslos.
"Ihr könnt in Naturalien bezahlen," kam es schelmisch und bestimmt
zurück.
Michaels Gesichtsausdruck veränderte sich. "Wie meinst du denn das?"
"So wie ich es gesagt habe."
"Also Sex?"
"Na, du bist vielleicht ein kluges Kerlchen."
Heiko konnte sich vor Lachen nicht mehr halten. "Peter, du bist ein-
fach unschlagbar."

"Halt, so haben wir nicht gewettet. Ich habe euch schon vorige Woche
ganz deutlich zu verstehen gegeben, daß zwischen uns nichts laufen
kann, niemals wieder etwas laufen wird."
"Manchmal passiert Unvorhergesehenes. Stellt euch doch einmal vor,
wenn wir diese hübschen gemeinsamen Abschlußfotos, Arm in Arm und mit
fast allem was dazu gehört, einfach einmal rein zufällig euren Angehörigen zukommen lassen würden. Ei, was wäre das wohl für eine helle
Freude daheim. So etwas haben sie bestimmt noch nicht in ihren Famili-
enalben. Sollte ich mich da täuschen, oder habe ich recht?"
Frank blickte erschrocken abwechselnd zu Peter und zu Heiko. Auf was
für einen Blödsinn hatten sie sich da nur eingelassen?
Michaels Augen funkelten böse. Jegliche Züge von Entspannt- und Ausge-
lassenheit waren aus seinem Gesicht verschwunden. Es wirkte wie ver-
steinert.
"Ihr miesen Schweine! Wißt ihr überhaupt was das ist? Das ist brutale
Erpressung!"
"Michael, sei doch ein wenig vernünftig. Jede Arbeit hat ihren Preis
und wie kann man nur in Zusammenhang mit solch schönen Dingen von Er-
pressung sprechen? Stimmt's, Heiko?"
Der grinste nur über das ganze Gesicht und sah nur noch die für
Michael und Frank aufgestellte Falle voll zu ihren Gunsten zuschnap-
pen.
"Du bist ja noch verdorbener als früher."
"Nein, nur noch schlauer geworden," verbesserte ihn Peter.
"Du bist echt krank. Nein, ihr seid beide echt krank."
"Nicht kränker als ihr. Wir stehen doch auch nur auf schöne Schwänze
wie ihr, oder?"
"Wir aber noch auf ein wenig mehr."
"Das ist euer Problem, nicht das unsrige. Wir wollen aber nun doch
wohl nicht über solche Feinheiten diskutieren und nicht länger vom ei-
gentlichen Thema abschweifen und endlich zur richtigen Sache kommen."
"Liebe, Gefühl und echte Freundschaft sind für euch die reinsten
Fremdworte," kam es zähneknirschend von Michael zurück.
Frank hatte den Kopf gesenkt und sein Gesicht in seinen Händen vergra-
ben. Ihm war zum Weinen zumute. Heiko wollte ihn "trösten".
"Nicht doch, Kleiner. Wer wird denn gleich ..." Da hatte ihm Frank
auch schon eine geklebt.
"Rühr mich nur nicht an, du Bastard," zischte er.
Heiko wich erschrocken zurück. "Mein Gott, der hat aber ein Tempera-
ment. Das hat gesessen. Wenn der auch im Bett so ist."

"Halt endlich dein dreckiges Maul. Oder soll ich's dir stopfen?"
brüllte ihn Michael an.

"Das ist vielleicht ein freches Kerlchen. Wohl keine gute Kinderstube
gehabt?"

"Schluß mit dem überflüssigen Gezeter," fuhr Peter dazwischen, "es
nützt euch nun alles nichts mehr. Wir haben jetzt das Sagen hier, wenn
ihr es noch immer nicht begriffen haben solltet."

Michael erkannte das jeder weitere Widerstand zwecklos war. Ihrem
Schicksal konnten sie nicht mehr entrinnen. Jedes weitere Wort war be-
deutungs- und sinnlos. Sie mußten nun das Unvermeidliche über sich er-
gehen lassen. Wie konnten sie sich auch nur auf solche Fotos bei
solchen Chaoten eingelassen haben. Er mußte doch eigentlich wissen,
was man von Peter zu halten hatte. Für Sex ging er notfalls sogar über
Leichen. Zu spät, alles zu spät!

"Was sollen wir nun tun? Was wollt ihr von uns?"

"Doch nur euer Bestes."

"Besser gesagt, Zugang zu unseren besten Stücken?"

"Gut geraten."

"Also jetzt und gleich?"

"Aber natürlich." Peter griff Michael unsanft zwischen die Beine.
"Bringen wir's hinter uns, Frank. Gegen soviel Gemeinheit und Drei-
stigkeit bin ich einfach machtlos. Dagegen ist kein Kraut gewachsen.
Mir tut es schrecklich leid."

"Mir auch," ergänzte flüsternd Frank, fast starr vor Angst.

"Uns aber nicht, ganz im Gegenteil," lachten Peter und Heiko. Sie
waren wieder einmal am Ziel ihrer Wünsche angelangt.

"Von uns könnt ihr keine Mitwirkung erwarten. Also bedient euch endlich."

Michael und Frank schlossen die Augen und hofften, daß dieser Albtraum
schnell vorbeigehen möge.

Wie Tiere über ihre Beute fielen Peter und Heiko über sie her.
Peter riß Frank förmlich die Jeans herunter. Mit Michael hatte er
schon einmal das Vergnügen gehabt. Das war nichts Neues für ihn, das
reizte ihn nicht mehr. Sollte Heiko mit ihm auch seinen Spaß haben.

'Was für Bestien?' schoß es Michael durch den Kopf. Er fühlte sich
leer und völlig hilflos wie nie zuvor in seinem bisherigen Leben.

So endete dieser hoffnungsvoll begonnene Abend mit einem allgemeinen
Eklat.

Als alles vorüber zu sein schien, zogen sich Michael und Frank rasch
an.

"Das war's denn wohl!" schrie Michael Peter ins Gesicht. "Ihr seid ganz miese Wichser! Wenn ihr nicht zu mehr fähig seid, dann laßt uns in Zukunft gefälligst in Ruhe! Wir sind nicht so wie ihr! Ganz im Gegenteil. Für euere Späße müßt ihr euch andere suchen. Auf die Bilder pfeifen wir! Ihr könnt sie euch über's Bett hängen oder sonstwo hinstecken."

Grußlos verließ er mit Frank die Wohnung, warf die Haustür laut hinter sich ins Schloß.

"Das war's dann wohl wirklich, Heiko." Peter sah seinen Freund fragend an.

"Nicht alles ist perfekt, aber toll war es trotzdem." Als ob nichts gewesen sei, zündete sich Heiko zufrieden eine Zigarette an.

"Es gibt auch noch andere schöne Männer," seufzte Peter.

"Die vorallem nicht so zickig sind," warf Heiko ein.

"Und keine Sexmuffel," schloß Peter.

Damit war diese Angelegenheit für sie gegessen, aber nicht für Michael und Frank, die völlig verstört im Auto saßen.

Michael blickte starr vor sich hin, wie in eine gähnende Leere.

Frank schluchzte, klammerte sich an seinen Freund.

"Sag, waren das überhaupt Menschen?"

"Tiere waren das, Tiere, Frank. Verzeih mir, daß ich mich so täuschen ließ. Das passiert uns nicht wieder. Was war ich dämlich."

*

Nein, Sex war für Michael und Frank wirklich nicht der Hauptbestandteil ihrer Beziehung, zwar zählte er dazu, bedeutsamer jedoch erschien ihnen viel freie Zeit miteinander zu verbringen, um sich so besser verstehen und richtig kennenlernen zu können, gemeinsame Interessen auszuloten, vorallem aber dem Freund das Gefühl zu vermitteln, daß er jederzeit für ihn da ist, ihm zur Seite steht, wenn er ihn braucht, ihm halt ein wirklich verläßlicher Partner ist. Sie lernten die reale Bedeutung des Begriffes Freundschaft kennen, nicht nur als leere Floskel einfach ausgesprochen, sondern im wahrsten Sinne des Wortes danach zu leben und zu handeln. Zu intimen Dates konnte es in der Regel nur kommen, wenn Franks Eltern dienstlich oder privat verreist waren und vorzugsweise, wenn seine beiden älteren Brüder mit ihren Freundinnen unterwegs waren. Das genügte ihnen völlig, auch so hatten sie niemals Langeweile. Für Frank war es schon das größte Geschenk mit Michael überhaupt zusammen sein zu können, in ihm wirklich einen echten Freund zu haben, mit dem er über alle seine täglichen Sorgen offen reden konnte. In seiner Gegenwart blühte er regelrecht auf. Das

Gefühl schlechthin, einen verläßlichen Partner an seiner Seite zu wissen war für ihn von unermeßlicher Bedeutung.

An warmen Frühlingsabenden genoß es Frank mit Michael einfach im Wiesengras zu liegen, gemeinsam in den Himmel blickend, fliegende Vögel beobachtend oder sich an einem schönen Sonnenuntergang erfreuend. Bisweilen gehörte auch ein erfrischendes Bad in einem einsam gelegenen See dazu.

Zusammen fühlten sie sich wie auf einer friedlichen Insel inmitten eines stürmischen Meeres aus Ablehnung und auch Mißgunst. Mit jedem Wiedersehen stieg ihre Zuversicht mit den sich ihnen in den Weg stellenden Problemen ihrer gemeinsamen Zukunft erfolgreich auseinandersetzen zu können. Anfänglicher Zweifel und Pessimismus wurde mehr und mehr durch Optimismus verdrängt. Ihre Freundschaft wucherte nicht, sondern begann auf ehrlichem Boden wie eine gesunde Saat heranzureifen, still und unscheinbar.

Michael vermied es aber noch, seine Familie über die Beziehung zu Frank in Kenntnis zu setzen. Er wollte sich erst ganz sicher sein, daß diese Freundschaft auch wirklich eine reale Basis hatte. Nach einigen wenigen Wochen vermochte er das noch nicht richtig einzuschätzen und zu beurteilen. Und warum, über das bisher Erreichte konnte man doch durchaus zufrieden sein. Die Zeit schien für sie zu spielen.

*

An einem Samstagabend kehrte Heinz Henning nach einem Streit mit seiner Freundin, bei der er eigentlich wie gewöhnlich über Nacht bleiben wollte, verärgert in sein Elternhaus zurück.

Nichts hören, nichts mehr sehen, war sein einziger Gedanke, einfach nur abschalten, nur noch schlafen....

Er wunderte sich allerdings, daß in der Hauseinfahrt ein fremdes Auto parkte. Was hatte das zu bedeuten? Die Eltern waren verreist. Hatte Frank Besuch? Aber, das ganze Haus war dunkel.

Dennoch, in Franks Zimmer wollte er einen Blick werfen und wissen, ob er überhaupt zuhause war, eigentlich nur nach einer Erklärung für das ihm unbekannte Fahrzeug suchen.

Er öffnete die Zimmertür, schaltete das Licht an und blieb dann wie angewurzelt stehen.

Vor ihm lag Frank schlafend - Arm in Arm - mit einem fremden jungen Mann im Bett.

"Was hat das denn zu bedeuten?"

Frank und Michael schreckten hoch.

"Heinz, du?"

"Frank, du tickst wohl nicht ganz richtig! Ich dachte, deine schwulen
Probleme wären erledigt? Fängt jetzt wieder alles von vorn an? Wenn
das unsere Eltern wüßten. Gar nicht auszudenken, Zopf ohne Ende. Ich
kann mir nicht helfen, du mußt regelrecht einen Dachschaden haben."
"Heinz, Michael ist mein Freund und nicht nur wie du jetzt vielleicht
denkst. Kein Abenteuer, ein echter Freund, so wie es zwischen dir und
Sandra ist. Wir kennen uns schon fast ein halbes Jahr."
"Das ist doch Michael Hollmann, der Sohn des Wachtmeisters. Na, dann
Prost Mahlzeit. Das hast du ja prima verheimlichen können. Alle Achtung!"
"Hast du eine bessere Idee?"
"Du weißt nur allzu gut, wie Vater über alles denkt. Mit deinem
Schwulsein wird er sich niemals abfinden. Jede weitere Diskussion ist
völlig sinnlos. Darauf hat auch Mutter keinerlei Einfluß. Ich weiß
nicht, wie du dir die Zukunft vorstellst?"
"Nach dem Abitur werde ich bald finanziell unabhängig sein und frei
über mein Tun entscheiden können. Mein eigenes Leben ist mir wichtiger
und vorallem das Zusammensein mit meinem Freund, der es mit mir wirklich ehrlich und ernst meint. Dann kann Vater meinetwegen explodier-
en."
Michael nickte stumm, recht behaglich war ihm nicht. So hatte er sich
den ersten Kontakt mit der weiteren Familie nicht vorgestellt.
"Frank, du mußt selbst wissen was du tust. Ich kann dir nur den guten
Rat geben, Vater nicht unnötig herauszufordern. Das bringt nichts. Mir
ist es egal, was du machst. Ich habe nichts gesehen und weiß auch in
Zukunft von nichts. Wünsche dir und deinem Freund viel Glück. Wenn ihr
mich braucht, werde ich selbstverständlich helfen. Und nun laßt euch
nicht weiter stören. Gute Nacht."
Heinz verließ das Zimmer.
"Toll, Frank, und nun?" Michael fühlte sich wie ein begossener Pudel.
"Nichts weiter. Schweigen wird er, aber auch nicht mehr, soweit kenne
ich ihn. Bei dem großen Krach damals hat er nur mit Gleichgültigkeit
geglänzt. Ein gesundes Mißtrauen ist angebracht. Ins Vertrauen kann
ich ihn nicht ziehen. So ein offenes Verhältnis wie du zu deinem
Bruder und deiner Familie habe ich leider nicht, werde es niemals
haben. Das habe ich bereits kapiert. Damit muß ich, nein, müssen wir
wohl leben. Aber auch ich werde mich einmal aus diesem Gefängnis be-
freien können."
Das verspreche ich dir, Frank, Ehrenwort. Auf mich kannst du felsen-
fest zählen. Ich werde dich niemals in Stich lassen. Uns gehört die

Zukunft, allen Widrigkeiten zum Trotz. Wir sind vollwertige Menschen."
"Michael, ich danke dir." Wenn ich dich nicht hätte." Er drückte ihn
fest an sich, "halte bitte immer zu mir, was auch kommen mag."
"Wieviele Male ich dir das wohl schon versprochen habe, mein Schatz."
Sie verfielen in einen unruhigen Schlaf.
*

Schon seit Tagen lastete eine drückende Schwüle über dem Land. So
konnte man am 28. Juni auch nicht von besonders guten klimatischen Be-
dingungen sprechen, als das von zahlreichen Anhängern und Beteiligten
lang erwartete Meisterschaftsendspiel zwischen dem 1. FC Waldkirch und
dem SV Adorf um den Grenzlandpokal in Waldkirch ausgetragen wurde.
Der Spielverlauf entsprach in keiner Weise dem erhofften Niveau. Zahlreiche Pässe und Torschüsse mißlangen den durch die Schwüle mehr als
bis zum Äußersten belasteten Spielern. Die Menge pfiff und die Stimmung im Waldstadion war alles andere als harmonisch zu bezeichnen.
Am Ende der ersten Halbzeit stand das Spiel noch immer 0 : 0.
"Von euch hätte ich mehr Einsatz erwartet, besonders von dir Michael,"
bemerkte Marko, der Fußballtrainer des 1. FC Waldkirch, vorwurfsvoll.
"Marko, wir geben schon unser Bestes. Darauf kannst du dich verlassen.
Aber diese unerträgliche Schwüle." Michael war wütend, klatschnass am
ganzen Körper.
Unter den Zuschauern hatte sich neben Gabriele und ihrem Freund Olaf
auch Christine, Michaels Tanzpartnerin, eingefunden. Im Gegensatz zu
Olaf schien der Verlauf dieses Spiels den beiden jungen Damen zuneh-
mend gleichgültig zu sein. Mehr und mehr vertieften sie sich in ein
reges Gespräch, welches nur bisweilen durch die laut aufbrausende Zu-
schauermenge gestört wurde.
Christine hatte Liebeskummer und schüttete ihr Herz vor ihrer besten
Freundin aus.
"Christine, es geht wohl wieder um Michael?"
"Ja, Gabriele, was mache ich nur falsch? Warum komme ich nicht näher
an ihn heran?"
Für Gabriele kamen diese Fragen nicht unerwartet. Seit dem Tanzkurs im
vergangenen Jahr hatte ihr Christine diese Probleme schon öfter vorgestellt.
Damals verliebte sie sich in Michael, der aber immer zurückhaltend und
auf Distanz bedacht blieb. Weshalb nur? War er schüchtern oder hatte
er eine andere Freundin? Dank ihres großen Bekanntenkreises konnte Gabriele diese Frage bestimmt verneinen. Im Grunde genommen verstand sie
Michaels fast schon abweisende Haltung selbst nicht.

"Ja, die Männer sind schon manchmal seltsam, Christine. Olaf war anfangs auch ein recht sturer Bock, habe ihn erst einfangen und zähmen müssen."

"Das hast du doch mit links gemacht. Die Typen fliegen doch nur so auf dich."

"Sag das nicht, Dummerchen."

"Wieso?"

"Du warst noch nicht in Italien."

"Was hat denn das mit Michael zu tun?"

"Männer stehen auf blonde Haare, besonders in Italien. Dir gegenüber läge ich dort hoffnungslos im Rennen."

"Nicht möglich."

"Die Papagallos würden sich nur so auf dich stürzen."

"Du spinnst."

"Doch, doch. Daß du das nicht einmal weißt? Dann wundert es mich auch nicht, daß du Michael noch nicht aufgerissen hast."

"Wie aufgerissen?"

"Du bist dümmer als die Polizei erlaubt, du kleines Dummerchen."

"Sag doch nicht immer Dummerchen zu mir."

"Aber das bist du doch. Du solltest deine Reize besser einsetzen. Du mußt auch einmal aktiv werden und angreifen. Wenn du dich wie ein Mauerblümchen benimmst, ja, dann ist es nicht verwunderlich, wenn Michael dich nicht beachtet. Du mußt etwas aus dir machen. Also mal ganz ehrlich, du rennst rum wie eine Nonne. Immer zugeknöpft bis oben hin. Zeig mal ein wenig von deinem tollen Busen. Männer lieben das. Geize nicht mit deinen Reizen. Aber du kannst beruhigt sein. Mit Olaf habe ich es anfangs auch nicht einfach gehabt. Bei mir dauerte es nicht weniger lange, bis ich ihn so hatte, wie ich ihn wollte. Heute ist er ein unheimlich dufter Typ. Vor zwei Jahren wollte er unbedingt mit einer Spanierin davonlaufen, die im väterlichen Betrieb arbeitete. Sein Vater sprang damals im Dreieck und wollte ihn zugunsten seines Bruders Rolf enterben. Nach langem Hin und Her konnte ich ihn letztlich davon überzeugen, daß es besser sei zu bleiben und die Spanierin sausen zu lassen. Trotzdem benahm er sich noch wochenlang wie ein grießgrämiger Teddybär, bis er schließlich erkannte, welche Dummheit er beinahe begangen hätte. Ich war in ihn verschossen, so störte mich sein Gekeife nicht. Du, ich habe mich in ihm nicht getäuscht. Olaf ist heute ein Prachtkerl."

Gabriele lächelte verträumt und blickte zu Olaf hinüber, der sein Rundherum vergessen und nur noch das Fußballspiel im Auge hatte.

"Demnächst werden wir heiraten. Ich kann es immer noch kaum glauben."
"Du und Olaf. Ihr habt es geschafft. Aber ich und Michael ..."
"Pardon, wenn ich dich unterbreche. Mal was anderes, Christine. Es kann natürlich gut möglich sein, daß Michael nicht normal ist."
"Nicht normal, wie meinst du das?"
"Ich bitte dich, Christine, das weißt du nicht?"
"Nein, wirklich nicht."
"Na, daß er halt auf Männer steht."
"Du meinst, daß er lieber mit Männern ins Bett geht. Das willst du doch damit sagen?"
"Nicht ganz so krass, aber einige Male ist er mir in Begleitung eines hübschen Blonden in Neustadt aufgefallen und kam mir sehr gelöst vor."
"Wie meinst du das?"
"Eben anders. Aber das muß ja nichts heißen. Man kann auf die verrücktesten Ideen kommen. Dabei finde ich Schwule nicht einmal unsympathisch. In der Regel sind sie künstlerisch sehr begabt und wirken stets sehr gefühlvoll."
"Michael ist aber künstlerisch nicht begabt," kam es patzig zurück.
In diesem Moment wurde ihre Unterhaltung durch aufbrausenden Jubel abrupt unterbrochen. Keiner hatte es mehr zu hoffen gewagt. Endlich war ein Tor gefallen, sozusagen vor "Toresschluß" in der 88. Minute. Dem Rechtsaußen Michael Hollmann war im Alleingang und ungedeckt dieser Volltreffer gelungen. In diesem Jahr ging der Grenzlandpokal nun also nach Waldkirch.
"Wie, Michael hat ein Tor geschossen?" entfuhr es ungläubig Christine.
Olaf war ganz aus dem Häuschen und brüllte aus Leibeskräften "Bravo Michael!"
Auch Gabriele freute sich. "Etwas Besseres konnte gar nicht passieren. Christine, ich glaube, daß du jetzt eine tolle Chance hast, Michael endlich doch näher zu kommen. In seiner Hochstimmung wird er sich dir gern mitteilen wollen. Wenn Michael überhaupt keinen Bock auf dich hätte, so würde er es längst gesagt haben. Ergreif endlich die Initiative! Ich glaube, daß heute der Moment für dich gekommen ist. Stürz dich auf ihn! Mach ihn endlich richtig an!"
"Gabriele, du bist eine Wolke, einfach unbezahlbar."
*
Seit dem Schlußpfiff waren 30 Minuten vergangen. Die Mehrzahl der Zuschauer und Schlachtenbummler hatte sich zerstreut. Nur wenige hartnäckige Fans waren zurück geblieben, um den einen oder anderen Spieler noch sprechen zu können. Zu denen zählten auch Christine und Gabriele.

Sie wollten auf Michael warten.

Endlich kam er umringt von seine Vereinskameraden und einigen Anhängern. Sie wollten Autogramme. Plötzlich entdeckte er etwas abseits
stehend Christine, die noch in Begeitung ihrer Freundin war und nachdem er die Autogramm- und Gratulationstortur überstanden hatte, wandte
er sich sofort beiden zu.

'Gabriele beneidet mich doch nur um Michael und will ihn mir wohl ver-
miesen, indem sie ihn mir plötzlich als Schwulen hinstellen möchte.
Das könnte ihr wohl so passen. Er, der mir viel bedeutet. Wie er da so
herkommt in seiner hellblau-strahlenden Hose, dem blauen, oben geöff-
ten Hemd. Michael ist sehr modebewußt, im Gegensatz zu mir. Na ja, Gabriele hat schon recht. So wie jetzt kann ich wirklich nicht mehr herumlaufen. Geschmack hat Michael. Das muß man ihm lassen. Ich glaube,
er weiß was Mädchen mögen. Er ist doch auch kein bißchen tuntig.
Schwul? Einfach unvorstellbar. Er gefällt mir. Einen Besseren kann ich
mir nicht vorstellen. Warum gönnt mir Gabriele Michael wohl nicht? Sie
hat doch Olaf.'

Gabriele verabschiedete sich unterdessen von ihrer Freundin, deren
Blicke nur noch auf Michael gerichtet waren. Olaf wartete schon auf
sie.

Inzwischen hatte Michael Christine erreicht.

"Hallo, du bist also auch da. Grüß dich, Christine."

Übermäßig erfreut schien er jedoch nicht zu sein, sie hier anzutref-
fen.

Liebe macht blind und deshalb empfand Christine in diesem Moment genau
das Gegenteil, als der Mann ihrer Träume vor ihr stand.

"Michael, du bist der Star des Tages. Weißt du, ich habe das ganze
Spiel von Anfang bis Ende verfolgt. Ich habe dich keine Sekunde aus
den Augen gelassen, nie an eurem Sieg gezweifelt." Das sie hier ein
wenig log, störte sie in diesem Moment nicht. "Du warst Klasse! Bestimmt Michael, du bist der geborene Fußballer."

"Danke, Christine, aber du übetreibst maßlos." Und ohne groß zu überlegen fügte er noch hinzu, "Christine, weißt du was, dafür lade ich
dich am Freitag zum Tanzen ins "Rodeo" ein. Kommst du mit? Das hatten
wir uns doch schon lange vorgenommen."

Christine hätte Michael in diesem Augenblick Michael um den Hals fallen können, aber in Gegenwart der anderen traute sie sich nicht.

'Gabriele ist wunderbar. Es ist einfach sagenhaft, welches Gespür sie
für Männer besitzt und ihr Verhalten so genau vorauszusagen kann.'

Sie strahlte über das ganze Gesicht. "Klar, Michael, natürlich komme ich mit. Holst du mich von zu Hause ab?"

Bevor er aber eine Antwort geben konnte, erblickte er plötzlich seinen Freund Frank neben sich, den er in diesem Moment nicht erwartet hatte. Sein Gesichtsausdruck wurde zunehmend entspannter und freundlicher. Frank dagegen blickte seinen Freund fragend an.

"Du Michael, kann ich dich einmal allein sprechen?" unterbrach er mit verzweifelten Unterton in seiner Stimme das Gespräch zwischen Michael und Christine.

"Natürlich, sofort Frank. Christine und ich haben alles besprochen. Also dann bis Freitag, Christine. Ich bin um Sieben bei dir. Grüße deine Eltern von mir."

"Ich freue mich schon riesig auf's Tanzen! Tschüs Michael!" Eigentlich hatte sie sich noch ein wenig mehr versprochen. Dennoch freute sie sich. 'Endlich.'

Doch die Worte Gabrieles fielen ihr auch wieder ein. 'Warum hatte er nur plötzlich für den Typen Zeit? Er hätte mich doch auch schon heute abend einladen können. Was hindert ihn daran? Der Typ? Eigenartig, wie verändert er war. Sollten doch etwa Gabrieles Befürchtungen stimmen? Ach, Quatsch, endlich bin ich am Ziel. Gabriele wird Bauklötze staunen. Nun muß ich aber machen, daß ich heimkomme. Meine Eltern warten nicht gern mit dem Abendessen auf mich, sonst nörgeln sie wieder das ganze Wochenende.'

Nachdem sich nun Christine entfernt hatte, waren Michael und Frank ganz allein.

"Komm Schatz," ermunterte Michael seinen Freund Frank, "laß uns ins Clubhaus gehen. Da sind wir jetzt ganz ungestört. Meine Kameraden sind längst im Sportlerheim, um unseren Sieg zu feiern. Ich wollte zwar auch noch auf einen Sprung vorbei, aber das hat nun Zeit. Dich bedrückt doch irgendetwas? Rück sofort raus mit der Sprache. Du gefällst mir nicht."

Auf dem Weg zum Clubhaus wollte Frank genau erfahren, was Michael zuvor mit Christine besprochen und schließlich vereinbart hatte.

"Frank, du weißt doch ganz genau, daß Christine wieder einmal mit mir zum Tanzen gehen wollte. Über kurz oder lang hätte ich ihr bestimmt nicht mehr ausweichen können. So wie ich sie kenne, würde diese dumme Pute nie aufgeben ihren Willen durchzusetzen. So habe ich sie halt für Freitagabend ins "Rodeo" eingeladen. Kein Grund zur Aufregung."

"Ok, Michael, schon alles gut."

Im Clubhaus waren sie ungestört.

Frank fiel Michael um den Hals.

"Schatz, was ist denn nur mit dir los? Was ist denn passiert? Nicht einmal zum heutigen Endspiel bist du gekommen. Hast uns nicht, wie versprochen, die Daumen gedrückt. Vor dem Spiel habe ich vergeblich auf dich gewartet und mir direkt Sorgen um dich gemacht. Wohl zu Recht? Komm, erzähl schon. Schieß los!"

"Ich packe die Schule einfach nicht. Sie kotzt mich regelrecht an. In der letzten Lateinarbeit habe ich völlig versagt."

"So geht das einfach nicht mehr weiter. Wir müssen eine Lösung finden. Mit der Schule muß Schluß sein. Du bist schließlich volljährig und kannst machen was du willst. Wir suchen einen Job für dich. Du mußt von zuhause fort, bevor du dort an allem zugrunde gehst. Laß deinen Vater doch ausrasten, Schluß mit allen Heimlichkeiten. Du kommst dann einfach zu mir. Platz haben wir. Ulrichs Zimmer steht leer. Ich stelle dich morgen meinen Eltern vor."

"Das willst du wirklich tun?"

"Logo, bin ich nun dein Freund oder nicht? Es gibt nicht nur schöne Stunden. Zu einer richtigen Freundschaft gehört das ganze täglich Leben. Frank, du mußt noch viel lernen und ...."

Weiter kam er nicht. Frank fiel ihm stürmisch um den Hals. Er wußte keine Worte für die tiefe Zuneigung zu Michael zu finden. Von keinem anderen Menschen hatte sich Frank bisher so verstanden gefühlt.

"So, Frank," unterbrach Michael die eingetretene Stille und blickte ihm dabei tief in die Augen, "ich glaube, du brauchst dringend Tapetenwechsel. Wir fahren heute für ein Stündchen in's "Why not". Laß uns abschalten. Ich möchte mit dir tanzen. Nun muß ich aber noch kurz in's Sportlerheim, der Torjäger muß sich wenigstens sehen lassen. Anschließend gehe ich nach Haus und hole den Wagen. Um Sechs treffen wir uns am Kirchplatz, ok?

Als Antwort fiel ihm Frank wieder um den Hals.

Fern im Westen türmten sich mächtige, Unheil verkündende Quellwolkengebirge. Ein Gewitter lag in der Luft. Die Schwalben flogen tief über dem Erdboden.

*

Pfarrer Theodor Brinkmann hatte es sich nachmittags im Garten des Pfarrhauses unter Schatten spendenden Obstbäumen bequem gemacht. In aller Ruhe wollte er die morgige Sonntagspredigt vorbereiten. Bei der Schwüle war es draußen allemal angenehmer.

Seine Haushälterin Daniela beschäftigte sich mit der Pflege der zahlreichen Blumenbeete. Unkraut mußte gejätet, Rosenstöcke gebunden werden.

Daniela schaute zum Himmel. Mit Sorge nahm sie ein näher kommendes Wolkenmeer wahr, überragt von gezackten, violett schimmernden Streifen. Die Sonne hatte ein tieforangefarbenes Kleid angelegt und schickte sich an, sich mit einem Wolkenschleier zu verhüllen.

Die bisherige andächtige Stille wurde durch eine gespannte, unheimlich anmutende Stimmung abgelöst.

Daniela beschloß, ihre Arbeit für heute zu beenden und wollte nach dem Pfarrer sehen und sich nach eventuellen Wünschen erkundigen.

Als sie sich ihm näherte, wischte er sich gerade den Schweiß von der Stirn.

"Welch eine unerträgliche Schwüle, Daniela."

"Am Abend gibt es bestimmt ein Gewitter. Drohende Wolken ziehen bereits auf."

"Das habe ich noch gar nicht bemerkt." Er stand auf und schaute zum Himmel. " Und was für ein Unwetter. Lieb von ihnen, Daniela, daß sie mich darauf aufmerksam gemacht haben. Ja, wenn man erst richtig bei der Arbeit ist. Aber ich bin nun wohl auch fertig. Einmal muß Schluß sein."

"Worüber werden sie morgen predigen, Herr Pfarrer?" wollte Daniela neugierig wissen.

"Über Galater 6, Vers 7: Täuscht euch nicht. Gott läßt keinen Spott mit sich treiben. Was der Mensch sät, wird er ernten."

"Sicherlich ein Thema mit einem hohen Maß politischer Brisans."

"Ja, das haben sie richtig erkannt."

"Ich bin sehr gespannt."

"Das dürfen sie auch sein. Man kann den Menschen nicht oft genug ins Gewissen reden."

"Steter Tropfen höhlt den Stein."

"Sehr gut bemerkt, Daniela." Er wandte sich zu seinem Arbeitstisch und griff nach einem Zettel. "Hier habe ich noch die Lieder für den morgigen Gottesdienst notiert. Seien sie doch so gut und geben sie diese Notiz beim Küster ab, damit er es anschlagen kann."

"Gern." Flüchtig überflog sie den Notizzettel. "Oh, zum Abschuß das Lied ´Geh aus mein Herz und suche Freud´ und dann auch noch alle fünfzehn Strophen. Ist das nicht ein bißchen viel?"

"Bestimmt nicht. Nach meiner ernsten Predigt dient ein gemeinsamer Gesang der Entspannung. Und der schönen Sommerzeit wollen wir doch auch gebührend huldigen."

"Sommerliche Wetterfreuden stelle ich mir aber ganz anders vor." Daniela deutete auf das aufziehende Unwetter.

"Solange die Erde steht, soll nicht aufhören Saat und Ernte, Frost und Hitze, Sommer und Winter, Tag und Nacht, heißt es im ersten Buch Moses 8, Vers 22, Daniela. Nicht immer kann die Sonne scheinen. Morgen sieht die Welt sicherlich wieder ganz anders aus und so wird sich unsere Gemeinde doppelt an diesem Lied erfreuen."

"Wann darf ich das Abendessen richten?"

"Heute abend werde ich auswärts essen. Ich muß noch zu den Hollmanns. Sie haben mich zu einem Grillabend eingeladen. Gleichzeitig will ich ihre Tochter Dorothee für die Teilnahme an der Aufführung von Beethovens Messe in C-Dur gewinnen."

"Viel Glück."

"Ja, gute Sopranstimmen sind rar."

"Vorallem wenn sie nicht viel kosten dürfen."

"Da stimme ich ihnen voll zu."

"Was werden sie heute abend machen?"

"Meinen Freund Sven besuchen. Vielleicht fahren wir nach Neustadt."

"Da kann ich ihnen also auch einen schönen Abend wünschen und vorallem viel Spaß zusammen."

"Ihnen wünsche ich das Gleiche."

Seit Anfang des vergangenen Jahres führte Daniela nun schon seinen Haushalt, stets fröhlich und aufgeschlossen, auch wenn es oft auch stressig zuging.

Ihre Familie war streng gläubig, leider auch von dunklen Wolken überschattet. Ihr Vater war früh gestorben und ihre fünf Jahre ältere Schwester Kerstin hatte sich vor zwei Jahren vom weltlichen Leben verabschiedet. Sie war dem Orden der ´Barmherzigen Schwestern´ beigetreten und hinter den Mauern eines Klosters verschollen. Für Danielas Mutter, Bärbel Niewald, war ihre jüngste Tochter nun die einzige Stütze, verbunden mit dem Wunsch, daß sie ein halbwegs geordnetes Leben führen könne.

Wer Daniela einmal als Frau bekommen würde, ja, der durfte eigentlich zufrieden sein. Bestimmt würde es ihr jetziger Freund Sven sein, ein lebenslustiger Forstangestellter. Dessen war sich Pfarrer Brinkmann eigentlich ganz sicher. Schon bevor sie in seine Dienste trat, war sie mit ihm zusammen. Beide würden bestimmt ein gutes Paar abgeben.

´Nicht jedem Menschen ist soviel Glück beschieden´. Pfarrer Brinkmann seufzte. Für ihn hatte sich nie die Passende gefunden.

Er räumte seinen Arbeitstisch auf und begab sich ins Pfarrhaus. Daniela war längst vorausgeeilt und nicht mehr zu sehen.

´Schön ist die Jugendzeit. Sie kommt nicht mehr zurück,´ kam es Pfarrer Brinkmann leise über die Lippen.

Aber konnte er nicht mit seinem Leben zufrieden sein? In der Gemeinde war er allseits gern gesehen und hoch geachtet.

Er schüttelte den Kopf über das soeben Ausgesprochene. Mit dem Schicksal durfte er wirklich nicht hadern. Vielmehr sollte man unter sich schauen. Wieviel Elend und Unzufriedenheit gab es doch in der Welt. Unzählige Menschen konnten kein sorgenfreies Dasein führen, mußten für ihr Leben hart arbeiten und kämpfen.

Wie schnell ihn diese Realität einholen sollte, ahnte Pfarrer Brinkmann in diesem Moment allerdings nicht ....

'Alle eure Sorge werfet auf ihn, denn er sorget für euch', 1.Petrus 5, Vers 7. Das war sein Konfirmationsspruch gewesen. Ein Vers, der ihm stets aufs Neue Kraft schenkte. Auch an diesem Abend erinnerte er sich gern daran.

Im Pfarrhaus genehmigte er sich noch ein Viertele, zündete sich eine Pfeife an, blickte nachdenklich aus dem Fenster und beoachtete mit leichtem Unbehagen das aufziehende Unwetter. Entspannende Ruhe wollte dadurch nicht aufkommen und so beschloß er, zu den Hollmanns aufzubrechen. Ein bißchen Abwechselung vom Alltag würde ihm sicherlich gut tun. Die letzten Wochen waren sehr anstrengend gewesen.

*

Zur selben Zeit stattete Michaels Vater seinem langjährigen Freund und Kollegen Hans Mühlmeyer und seiner Familie einen Besuch ab.

Man war beeindruckt mit welcher Selbstverständlichkeit er über die Homosexualität seines jüngsten Sohnes sprach.

"Ich beneide dich um deinen jüngsten Sohn, daß er so offen zu seinem Schwulsein steht und ihr das als die normalste Sache der Welt anseht. Ich könnte das wohl nicht so einfach akzeptieren."

"Im ersten Moment fiel ich zwar aus allen Wolken. Das kannst du dir sicherlich vorstellen. Aber es anders zu sehen, wäre grundverkehrt. Wir können seinem Lebensglück doch wohl schlecht im Wege stehen. Selbst Ulrich und Dorothee sehen es auch so."

"Das ist auch eine ganz andere Generation."

"Die Menschen sind nun einmal nicht alle gleich geschaffen."

"Eine beneidenswerte, wohl nicht alltägliche Einstellung. Läuft denn bei Michael schon überhaupt etwas?"

"Er hat bisher noch nicht darüber gesprochen. Aber er wirkt schon seit einiger Zeit sehr verliebt. Vielleicht erfahren wir bald Näheres. Doch muß ich mich von euch verabschieden, Hans. Ulrich und Dorothee kommen

nämlich heute abend mit Sonja-Marie. Wir wollen grillen. Pfarrer
Brinkmann hat sich auch noch angesagt. Er plant eine Aufführung von
Beethovens Messe in C-Dur in unserer Kirche und will Dorothee für eine
der vier Solostimmen begeistern."
"Gutes Gelingen. Grüße Jutta herzlich von uns, sie soll auch einmal
mitkommen. Heute war es ja nicht möglich."
*
Martin Henning hatte sich an diesem Nachmittag mit einem wichtigen Ge-
schäftspartner in Neustadt getroffen und begossen einen Geschäftsab-
schluß in einem Staßencafe.
Er hatte gerade bezahlt und war im Aufbruch begriffen, als er auf der
gegenüberliegenden Straßenseite seinen Sohn Frank in Begleitung eines
schwarzgelockten Unbekannten vorbeibummeln sah.
'Was hat das denn zu bedeuten?' schoß es ihm durch den Kopf, 'denen
werde ich doch einmal folgen.'
Nach einiger Zeit bogen Michael und Frank in die Altstadtgasse ein und
verschwanden im "Why not".
'Das träume ich doch wohl nur. Das gibt es doch gar nicht.'
Leicht beklommen betrat er auch das "Why not". Von Frank und seinem
Begleiter keine Spur. Es war viel Betrieb. Er steuerte auf die Bar zu
und wurde dort von Gero herzlich begrüßt.
"Du bist wohl neu hier. Kenne dich doch gar nicht. Doch dir wird es
sicherlich bei uns gefallen. Was darf es denn sein?"
"Einen Weinbrand, aber einen Doppelten." Seine Kehle war wie zuge-
schnürt.
"Kommt sofort."
Martin Henning kippte ihn in einem Zug herunter und blickte sich um.
Der ganze Raum war von rotem Licht durchflutet. Eine Ausnahme bildete
lediglich die in der Mitte befindliche Tanzfläche, die durch grelle,
weiße Scheinwerfer angestrahlt wurde. Allerdings tanzte niemand, ob-
wohl ein Discjockey in einem separaten erhöhten Eckchen am Rande der
Tanzfläche ständig für Musikuntermalung sorgte.
An einigen Tischen gab es noch freie Plätze. Bis auf wenige Ausnahmen
konnte Martin Henning fast den ganzen Raum überblicken, ohne selbst
unbedingt gesehen zu werden, da er sich in einem Lichtschatten befand.
Einige Tische befanden sich in durch kleine Wände abgeteilte Nischen.
Nach dort vermochte er keinen Einblick zu nehmen. In einer dieser
Winkel mußten sich auch Frank und der Typ aufhalten. Martin Henning
konnte sie nämlich nicht entdecken.
Das Publikum war durchwachsen. Überwiegend hatten sich aber jüngere

Jahrgänge eingefunden.

'Wie muß es nur in solchen Menschen aussehen?' Kalte Schauer fuhren Martin Henning den Rücken herunter.

"Du machst aber ein Gesicht wie acht Tage Regenwetter. Welche Laus ist dir denn über die Leber gelaufen," wollte Gero neugierig wissen.

"Geht sie garnichts an," entgegnete Martin Henning mit monotoner Stimme, "bitte machen sie, pardon, mach mir ein Pils."

Er bemühte sich so gut wie möglich seiner Umwelt anzupassen.

"Ein Pils, bitte, sehr gern. Kommt sofort."

Während Gero das Bier zapfte, widmete er sich wieder seinem neuen Gast.

"Warum machst du denn noch immer solch ein grimmiges Gesicht? Hier bist du doch von vielen tollen Boys umgeben. Was willst du eigentlich mehr? Für jeden findet sich bei uns etwas. Übrigens, du darfst ruhig Gero zu mir sagen. Alle meine Freunde dürfen das. Hast du Kummer, hast du Sorgen. Gero hilft." Er lächelte schelmisch.

Martin Henning versuchte das Lächeln zu erwidern. Es wirkte jedoch sehr gekünstelt.

"Vielen Dank für das Pils," er holte tief Luft, "Gero."

'Komischer Kauz,' dachte Gero im Stillen, 'glaubt der womöglich, alle würden sich hier nur so auf ihn stürzen?'

Er setzte seine Arbeit fort. Zu tun gab es für ihn genug. 'Hauptsache der Umsatz stimmt und natürlich das Trinkgeld.'

Mittlerweile hatte sich auch die Tanzfläche belebt. Bei dem Anblick der miteinander tanzenden Männer glaubte Martin Henning vor lauter Entsetzen den Verstand verlieren zu müssen und sich zu vergessen. Er klammerte sich schier an sein Bierglas und nachdem er es ganz geleert hatte, bestellte er bei Gero gleich ein Neues.

Endlich bekam Martin Henning auch seinen Sohn Frank und dessen Freund zu Gesicht. Sie hatten sich tatsächlich in einer Sitzecke aufgehalten und näherten sich nun der Tanzfläche, wo sie sich unter die Tanzenden mischten. Martin Henning folgte ihnen mit starrem Blick und halb geöffneten Mund. Das Gefühl tiefer Bitterkeit stieg in ihm auf.

'Womit habe ich das nur verdient?"

Inzwischen hatte sich das "Why not" bis auf den letzten Platz gefüllt.

"Ja, die beiden sind schon tolle Jungs."

Damit waren Michael und Frank gemeint. Diese Worte kamen von einem etwa zwanzig Jahre alten Mann, der bisher unbemerkt neben Martin Henning gesessen hatte und mit ihm aufmerksam das Geschehen auf der Tanzfläche beobachtete. "Man sieht dir deine Begeisterung an. In der

letzten Zeit bringen die beiden prächtigen Boys ein wenig Glanz in
diesen Schuppen. Auf der Tanzfläche sehe ich sie allerdings heute zum
ersten Mal. Eine schöne Augenweide, findest du nicht auch?"
"Ach halten sie doch ihren Mund!" Mit barscher Stimme unterbrach Martin Henning seinen Nebenmann. So hilflos und allein hatte er sich noch
nie in seinem Leben gefühlt.
"Pardon, ich wollte dir, besser gesagt, ihnen nicht zu nahe treten,"
kam es beleidigt zurück. "Ich frage mich nur, was sie hier wollen?
Stunk machen? Und nur, weil man nicht den Boy bekommt, den man sich
erträumt hat? Auf Märchenprinzen muß man lange warten. Oder haben sie
Ärger mit ihrem Freund und lassen ihren "Liebeskummer" nun an anderen
aus? Das ist aber kein schöner und fairer Stil."
'Vielleicht weiß er noch mehr über Frank und den mir Unbekannten zu
berichten,' schoß es Martin Henning durch den Kopf. Die Stimme der
Vernunft sprach in ihm. Er versuchte seinen Nebenmann zu beruhigen und
sich dabei der Situtation anzupassen.
"Entschuldige bitte. Ich wollte dich nicht verletzten. Du hast ja
recht, man muß sich beherrschen können." Er lächelte seinen Gesprächs-
partner mit süß-saurer Miene an, dessen erschrockener Gesichtsausdruck
sich nun schnell wieder änderte.
"Na siehst du, es geht alles, wenn man nur will. Ja, im Kummer sagt
man häufig etwas, das man nachher bereut. Ich kenne es aus eigener Erfahrung. Also vergessen wir alles. Mein Name ist Wolfgang und wer bist
du?"
"Ich heiße Martin. Es freut mich, dich kennenzulernen, Wolfgang." In
seinem Innersten dachte Martin Henning genau das Gegenteil. Diese
scheinheilige Kontaktanbahnung mit dem einen widerlichen Ziel ekelte
ihn zutiefst an. Aber jetzt war ihm alles egal. Hier ging es schließlich um das Schicksal seine Sohnes.
"Bist du öfter hier, Wolfgang?"
"Ja, Martin, jeden Mittwoch und Sonntag. Aber dich sehe ich heute zum
ersten Mal."
"Das mag wohl daran liegen, daß ich erst kürzlich zugezogen bin,"
log er, "aber sag mal, weißt du denn mehr über die beiden hübschen
Boys?" Er deutete unmißverständlich auf Frank und Michael, die sich
jetzt am Rande der Tanzfläche bewegten, sodaß beide sie ungehindert
beobachten konnten. Wer war wohl der Schwarzhaarige? Würde er es jetzt
erfahren? Aber es folgte nur eine weitere Ernüchterung.
"Da muß ich dich enttäuschen, Martin. Genaues kann ich dir über beide
nicht erzählen. Aus Neustadt kommen sie nicht. An die kommt auch kein-

er heran. Mir sind beide lediglich immer wieder von neuem aufgefallen.
Stets kommen sie zusammen, manchmal saßen sie sogar an der Bar,
sprachen ein paar Takte mit Gero. Mehr nicht. Bei denen würde mancher
gern einmal Mäuschen spielen dürfen, wenn .... Der Blonde gefällt mir
persönlich am besten. Mir wird jedesmal ganz anders, wenn ich ihn
sehe. Frag nicht nach Sonnenschein. Ich könnte sofort .." Er schluckte
"Diese engen Jeans, solche Rundungen, besonders vorn. Mann, Martin,
müssen die vielleicht gebaut sein. Einfach affengeil, oder?"
Bei diesen Worten glaubte Martin Henning sich nun nicht mehr länger
beherrschen zu können. 'In welch einen Sündenpfuhl bin ich nur hin-
eingeraten? Bin ich von Menschen oder nur noch von tierischen Wesen
umgeben? Für meine Begriffe gehören alle Männer hier in die Hände eines guten Physchiaters. Habe ich es nicht immer wieder gesagt?
Lediglich über Sex wird gesprochen und nachgedacht. Entsetzlich, daß
ich als Vater miterleben muß, wie es diese Lüstlinge besonders auf
Frank abgesehen haben. Wehe, wenn einer mal überschnappt und mit Gewalt seinen abartigen Trieben Ausdruck verleiht? Frank legt es ja direkt darauf an und fordert das Unglück regelrecht heraus. Warum nur,
warum? Warum gerade mein Sohn? Warum? Womit habe ich das nur verdient?' Seine Gedanken begannen sich zu überschlagen.
Wolfgang holte ihn wieder in die für ihn bittere Realität zurück.
"Du, Martin, schau mal, wie die beiden sich immer wieder anblicken.
Die fahren doch total aufeinander ab. Auch der Schwarzgelockte ist natürlich nicht zu verachten. Hand aufs Herz. Auf welchen stehst du
mehr?"
Martin Henning wich dieser Antwort aus, indem er im selben Moment bei
Gero noch zwei Pils bestellte. "Ich darf dich doch wohl zu einem Ge-
tränk einladen, Wolfgang, oder?"
Er nickte. "Du stehst wohl auf mich? Warum auch nicht? Ich habe auch
eine Schwäche für gestandene Männer wie du. Du gefällst mir auch? Wo
wohnst du denn? Vielleicht können wir zu dir gehen? Bei mir läuft leider nichts, meine Eltern, du verstehst?"
Bevor Martin Henning antworten konnte, wechselte plötzlich der Musik-
rhythmus. Der Discjockey kündigte auf vielfachen Wunsch Musik zu
Träumen an. Blues ertönte ....
Die Paare schmiegten sich aneinander, auch Michael und Frank.
Martin Henning saß wie versteinert am Rand des Geschehens, für ihn un-
erträglich und unheimlich zugleich.
'Sag, daß dieses alles nur ein böser Albtraum ist. Nein, das darf nie-
mals wahr sein. Was habe ich nur verbrochen, daß mich das Schicksal so

hart trifft? Was habe ich nur falsch gemacht?' Er warf einen Fünfzig-
markschein über die Theke, den Gero sofort nahm, stand hastig auf und
verließ in auffallender Eile das Lokal. Frank und Michael bemerkten
ihn nicht.
Gero und Wolfgang sahen sich achselzuckend an.
Kaum hatte sich die Tür des "Why not" hinter Martin Henning
geschlossen, begann er vor Ekel über das Erlebte zu würgen und mußte
sich im selben Moment übergeben.
Inzwischen war ein kühler Wind aufgekommen. Der Ausbruch des Gewitters
schien bald bevorzustehen. Es grummelte bereits in der Ferne. Die
Straßen waren leer geworden.
Unsicheren und stolpernden Schrittes erreichte Martin Henning wenige
Minuten später einen Taxistand. Das erstbeste Taxi war ihm gerade
recht. Er öffnete die Rücksitztür und warf sich ins Polster. Dabei
äußerte er mit recht unsanfter Stimme sein Fahrtziel. Über das rüpel-
hafte Verhalten seines Kunden war der Fahrer sehr verwundert und hätte
ihn am liebsten sofort wieder aus seinem Fahrzeug gewiesen.
'Vielleicht bleibt er ruhig. Herausschmeißen kann ich ihn immer noch,'
dachte er sich schließlich und begann mit gemischten Gefühlen seine
Fahrt.
Nach zehn Minuten war sein genanntes Ziel in Waldkirch erreicht.
"Macht 16,80."
Martin Henning gab ihm wortlos einen Zwanzigmarkschein und verließ
ohne sich zu verabschieden den Wagen.
'Bei manchen Leuten hat Höflichkeit Seltenheitswert. Aber 3,20 Trink-
geld sind wenigstens ein kleiner Ausgleich,' dachte sich der Taxifah-
rer und trat die Rückfahrt zu seinem Standort in Neustadt an.
Am Horizont wetterleuchtete es ununterbrochen.
*
Jutta Hollmann freute sich am frühen Abend über den Besuch von Ulrich
und seiner Familie, die nach ihrer Heirat bei Dorothees Eltern im
Nachbarort Denzlingen eingezogen waren.
"Guten Abend, Ulrich. Hallo Dorothee. Laß dich drücken, und da ist ja
auch Sonja-Marie. Wie geht es ihr denn?"
"Recht gut, Mutter." Das Kind quietschte und strampelte vor Vergnügen.
"Wie geht es deinen Eltern? Habe lange nichts mehr von ihnen gehört?
Hätten uns ruhig einmal anrufen können."
"Auch recht gut. Sie lassen euch herzlich grüßen."
"Ihr kommt aber sehr spät."
"Ja, wir waren noch bei Uschi und Klaus zu Besuch. Die haben am 17.

Juni doch ihren 5. Hochzeitstag gefeiert. Und wenn man erst einmal ins
Erzählen kommt."
Sorgenvoll schaute Frau Hollmann zum Himmel.
"Ich fürchte, das Wetter hält sich nicht."
"Da magst du nicht Unrecht haben. Im Westen zeigen sich bereits be-
drohlich aufgetürmte Wolkenberge. Kein Wunder bei dieser unerträglich-
en Schwüle. Das hält ja kein Normalsterblicher aus."
"Nun kommt aber erst einmal alle herein."
Sie gingen durchs Haus und setzten sich auf die Terrasse.
Die Sonne schien wie durch einen Schleier.
"Wo ist eigentlich Vater?"
"Bei Mühlmeyers. Hans hatte doch vorige Woche seinen 50. Geburtstag.
Ernst mußte an jenem Abend für einen anderen Kollegen einspringen, so
konnte er an seiner großen Feier nicht teilnehmen. Haben sich halt für
heute nachmittag verabredet. Er hätte eigentlich schon zurück sein
müssen und wird hoffentlich auch gleich kommen. Er weiß doch, daß wir
heute abend gemeinsam Grillen wollen."
"Und Michael?"
"Der hatte doch heute abend das große Meisterschaftsendpiel. So
schnell wird der bestimmt nicht hier sein. Wenn überhaupt."
"Wieso, wenn überhaupt?"
"Samstags kommt er meist erst sehr spät in der Nacht nach Haus."
"Ob er gar einen Freund gefunden hat?"
"Gesagt hat er das zwar nicht. Aber was weiß man schon so genau über
seine eigenen Kinder. Im vergangenen Sommer hat er uns mit seinem
Coming out ja auch völlig überrascht und vor vollendete Tatsachen ge-
stellt. Mit einem Freund wird er es wohl nicht anders machen, wenn es
dann der Richtige ist. Hoffen wir das Beste für ihn. Und nun Ulrich
hole ich Bier. Du magst doch sicherlich eine Flasche?"
"Und ob. Ich werfe inzwischen den Grill an."
"Dorothee, trinkst du ein Glas Wein mit mir?"
"Aber gern."
"Also, dann gehe ich jetzt aber endlich in den Keller." Und stieß fast
mit ihrem Mann zusammen, der gerade nach Haus kam.
Wenig später traf auch noch Pfarrer Theodor Brinkmann ein.
"Gott zum Gruß, alle miteinander. Vielen Dank für die Einladung."
"Hochwürden, sie kommen gerade rechtzeitig," entgegnete Ulrich, "die
ersten Würstel sind soeben fertig geworden."
"Dazu gibt es einen schönen gemischten Salat mit frischen Kräutern,"
ergänzte Dorothee.

"Laßt doch den Herrn Pfarrer erst einmal platznehmen," mischte sich
Frau Hollmann ein.
"Wein oder Bier, Herr Pfarrer?" wollte Ernst Hollmann wissen.
"Ein Viertele wär mir schon recht."
"Gern, wohl bekomms."
Allen schmeckte es ausgezeichnet.
"Wie geht es in der Gemeinde?"
"Gut, Frau Hollmann. Aber immer viel Arbeit. Und so bin ich froh
über jede Abwechselung. Freue mich besonders, daß ich heute einmal die
ganze Familie fast vollzählig antreffe. Was macht Michael?"
"Fußball, was denn wohl sonst."
"Ja richtig, heute war doch das große Spiel um den Grenzlandpokal."
"Und unser Michal hat das einzige Tor geschossen," freute sich Ernst
Hollmann.
"Sie können wirklich stolz auf ihn sein. Er ist ein Prachtkerl. Sich-
erlich steuert er nun mit Riesenschritten auf den Hafen der Ehe zu?
Freundin?"
Schweigen.
"Habe ich etwas Falsches gesagt?" Pfarrer Brinkmann wirkte verlegen.
"Nein, ganz und gar nicht, Herr Pfarrer," unterbrach Ernst Hollmann
die eingetretene Stille, "aber einmal werden sie es doch erfahren. Bei
Michael ist es anders."
"Anders?"
"Er ist homosexeuell, hat es uns im vorigen Jahr erzählt."
"Hauptsache, er ist mit seinem Leben zufrieden. Die Menschen sind
nicht alle gleich."
Man war allgemein überrascht, wie gelassen und fast selbstverständlich
Pfarrer Binkmann diese Nachricht aufnahm.
"Das hätte ich von ihnen nicht erwartet," meldete sich Dorothee zu
Wort.
"Ich bin Realist und stehe mit beiden Beinen fest auf dem Boden. Er-
freut bin ich, daß sie alle hier so gut mit der Thematik umgehen kön-
nen. Soviel Offenheit ist heute doch noch längst nicht selbstver-
ständlich."
"Erst war es natürlich ein Schock für uns," bemerkte Jutta Hollmann.
"So gelassen wie sie, haben wir diese Tatsache nicht aufgenommen. Aber
die Vernunft hat schließlich gesiegt. Ändern kann man nichts."
"Wie wahr. Michael wird schon seinen Weg machen. Davon bin ich fest
überzeugt. Und in sein Leben darf man sich schließlich auch nicht ein-
mischen."

"Noch ein Viertele, Herr Pfarrer?"

"Da sage ich natürlich nicht nein." Und als ob nichts Besonderes vorgefallen sei, wechselte man das Thema und setzte die Unterhaltung fort.

"Dorothee, sie wissen, warum ich heute abend auch gekommen bin?"

"Natürlich, sie möchten mich für die Übernahme einer der vier Solostimmen in Beethovens Messe begeistern." Sie blickte fragend ihren Mann Ulrich an, der zustimmend nickte. "Selbstverständlich können sie auf mich zählen. Wann ist die erste Probe?"

"Am kommenden Mittwoch."

"Und darauf trinken wir ein Kirschwässerli. Komm, Ulrich, schenk uns ein," freute sich Ernst Hollmann.

Kein Lüftchen regte sich. Gespenstische Ruhe, wie sie einem großen Sturm vorauszugehen pflegt.

"Am Horizont wetterleuchtet es." Pfarrer Brinkmann war besorgt.

In diesem Moment kehrte Michael heim. Er wirkte angespannt.

"Herzlichen Glückwunsch zu deinem großartigen Erfolg."

"N´Abend, Herr Pfarrer. Freue mich, sie nach langer Zeit auch wieder einmal zu sehen."

"Ganz meinerseits."

"Dich bedrückt doch etwas?" begann Jutta Hollmann neugierig zu fragen, "ein strahlender Sieger sieht ganz anders aus."

"Habt ihr denn noch etwas zu trinken für mich?"

Ulrich reichte seinem Bruder eine Flasche Bier. "Leider haben wir alles aufgegessen."

"Beinbruch wäre schlimmer."

"Was ist mit dir los?" Frau Hollmann schien ungeduldig.

"Nun laß ihn doch erst einmal etwas trinken und zur Ruhe kommen," fuhr Dorothee dazwischen.

"Ja, ich weiß nicht recht," Michael stockte, "in Gegenwart des Herrn Pfarrers ...."

"Vor mir brauchen sie keine Geheimnisse haben, mir ist nichts fremd."

"Aber das ...."

"Auch das. Ihre Eltern haben mir von ihrem Comming out erzählt, wenn sie das meinen."

Michael blickte Pfarrer Brinkmann erstaunt an.

"Sie sind alt genug und werden wissen was sie tun. Es ist doch ihr Leben. Sie müssen es selbst meistern."

"Vielen Dank für diese Worte, Herr Pfarrer. Sie machen mir damit

richtig Mut. Ja, ich habe eine Neuigkeit. Ich habe einen Freund und
das schon seit Ende vergangenen Jahres."
"Das freut mich für dich." Ein Lächeln überzog Ulrichs Gesicht.
"Was für eine schöne Überraschung," ergänzte Jutta Hollmann.
"Aber er hat es nicht so leicht wie ich, ganz im Gegenteil." Michael
zuckte mit den Achseln.
"Ja, ich muß nun aufbrechen. Ihre weitere Unterhaltung will ich nicht
stören. Vor dem Ausbruch des Gewitters möchte ich noch im Pfarrhaus
sein. Vielen Dank für die herzliche Gastfreundschaft." Im Fortgehen
richtete sich Pfarrer Brinkmann noch kurz an Dorothee. "Nochmals danke
für die Übernahme des einen Soloparts. Wir sehen uns also am nächsten
Mittwoch um 20 Uhr. Es wird sicherlich schön werden. Ihnen allen noch
einen guten Abend und uns allen eine hoffentlich friedliche Nacht."
Dann verließ er schnellen Schrittes das Grundstück.
"Trinkst du noch ein Glas Wein mit uns?" wollte Jutta Hollmann wissen,
"wir müssen doch noch auf den Pokal anstoßen."
"Gern."
"Wir sind mächtig stolz auf dich," freute sich Ernst Hollmann, "und
dann noch die tolle Nachricht, daß du einen Freund hast."
"Das finde ich echt cool," ergänzte Dorothee
"Erzähl uns doch schon mal ein wenig von deinem Freund. Du hast uns
echt neugierig gemacht," meldete sich Ulrich zu Wort.
Und so erzählte Michael die Geschichte der letzten Monate, so wie es
halt war, mit Höhen und Tiefen, kurz und knapp.
"Er soll uns stets wie ein Sohn sein," meinte Jutta Hollmann.
"Aber ihr müßt ihn doch erst einmal richtig kennenlernen."
"Deine Worte haben schon sehr viel verraten."
"Nun laßt uns aber ins Haus gehen. Hier wird es gleich ganz
ungemütlich." Ernst Hollmann schaute sorgenvoll in die be-
ginnende Nacht. Hin und her jagende Blitze durchsprenkelten
gelbrot den Himmel, laute unüberhörbare Donnerschläge folgten in
immer kürzeren Abständen. Windboen jagten durch den Garten, erste
Regentropfen ....
Ulrich und Dorothee wollten über Nacht bleiben. Alle hatten getrunken.
Sonja-Marie schlief bereits friedlich.
Für die Erwachsenen war angesichts des ausbrechenden Unwetters aber
vorerst nicht an Schlaf zu denken.
*

Erika Henning hatte es sich vor dem Fernseher gemütlich gemacht. Sie
wartete auf die Rückkehr ihres Mannes. Er blieb ungewöhnlich lange

fort. Sollten sich die Verhandlungen schwieriger als erwartet gestaltet haben? Nun, sie würde es schon noch rechtzeitig erfahren.

Jäh wurde sie aus ihrer Ruhe herausgerissen, als ihr Mann grußlos hereingepoltert kam. Sein erster Weg führte ihn zum Fernsehgerät, daß er sofort abschaltete.

"Schluß jetzt!"

"Aber Martin, um Himmels Willen, was ist denn nur in dich gefahren? Was ist denn nur passiert?" Erika Henning war sichtlich erschrocken und verfolgte ihren Mann mit größter Unruhe.

"Und ob etwas geschehen ist, Erika," fuhr Martin Henning mit lauter Stimme fort, "du glaubst ja gar nicht, was ich heute abend erlebt habe?" Er rang nach Luft. "Frank treibt sich in aller Öffentlichkeit mit einem Typen herum!"

"Was sagst du da?"

"Wenn der meint, daß wir das gutheißen, dann hat er sich aber völlig verrechnet. Unter dieses Kapitel ziehe ich jetzt einen Schlußstrich. Wenn er sich nicht freiwillig fügen will, dann eben mit Gewalt. Den stecken wir jetzt in ein Internat. Da ist er unter Aufsicht und kann keinen Unfug mehr anrichten."

"Ich bin überrascht, Martin. Ich glaubte immer, Frank sei nach allem was passiert ist, ein vernünftiger Mensch geworden."

"Glauben heißt nicht wissen. Absolute Kontrolle ist besser. Unser guter Ruf steht auf dem Spiel. Wenn sich das herumspricht, gar nicht auszudenken."

"Ja, vielleicht hast du recht."

"Den kaufe ich mir."

Draußen brach das Gewitter aus.

"Ob wohl alle Fenster im Haus zu sind, Martin?"

"Ich schaue gleich einmal oben nach." Martin Henning verließ den Raum und begab sich in die obere Etage.

In diesem Moment kehrte Frank zurück. Er wollte so schnell wie möglich hinauf in sein Zimmer und lief am Ende der Treppe seinem Vater regelrecht in die Arme. Er sah ihn grimmig an. Das hatte nichts Gutes zu bedeuten.

"Da bist du ja," herrschte Martin Henning Frank in gereiztem Ton an. "Weißt du, wo ich heute abend war?"

"Sicherlich erzählst du es mir gleich?"

"Im "Why not"!"

"Sieh mal an, hast du auch schwule Neigungen? Das wußte ich ja noch gar nicht. Weil du keinen abgekriegt hast, gönnst du es mir wohl auch nicht? Daher weht also der Wind."

Als Antwort erhielt er eine schallende Ohrfeige. Frank blieb trotzdem ganz ruhig. Nur jetzt keinen Schritt zurückweichen.

"Wer war der Typ mit dem du dort getanzt hast?"

"Mein Freund Michael Hollmann."

"Der Sohn von unserem Wachtmeister?"

"Ja, genau der."

"Ich hätte niemals geglaubt, daß du dich so über unsere Anordnungen hinwegsetzten würdest!" Seine Stimme begann sich zu überschlagen. "Du bist ja vollkommen vom Sex verseucht! Womit habe ich das nur verdient, daß ich solch ein verkommenes Subjekt als Sohn haben muß? So etwas unnatürlich Triebhaftes ist mir in meinem ganzen Leben noch nicht begegnet! Lieber wäre mir ein Mörder als Sohn, der sich offen und reuig zu seiner Tat bekennt! Zu nichts bist du fähig! Nicht einmal die Schule schaffst du! Wo soll das enden? Man sollte deinem lasterhaften Triebleben sofort ein Ende bereiten! Lieber ein Ende mit Schrecken als ein Schrecken ohne Ende! Du bist es nicht einmal mehr wert, daß man deinetwegen ein Messer beschmutzt! Nicht einmal eine Pistolenkugel würde ich für dich opfern! Du bist doch nur ein Stück ..., ach, das Wort muß erst noch erfunden werden!"

"Bist du nun endlich fertig? Darf ich auch einmal etwas sagen? Damit du es heute ein für allemal weißt. Ich bin und bleibe schwul! Für mich gibt es keinen anderen Weg. Daran kannst du niemals etwas ändern, auch wenn du hier noch so herumschreist."

"Sag das noch einmal, du elende Mißgeburt!"

"Ich bin und bleibe schwul! Ich begehe kein Unrecht! Laß mir endlich meinen Frieden, ich laß euch den euren. Seit ich einen verständnisvollen Freund auf meiner Seite weiß, bin ich jetzt endlich in der Lage mich nicht mehr so einfach unterordnen zu lassen und voll zu mir selbst zu stehen. Merk dir das. Mit der Schule ist's bald aus."

Frank sagte es ruhig und bestimmend und blickte dabei seinem Vater direkt in die vor Zorn blitzenden Augen.

"Schier unglaublich deine unverschämte Dreistigkeit! Da fällt einem ja kaum noch etwas zu ein. Es ist ja alles noch schlimmer als ich es in meinen kühnsten Träumen jemals ausgemalt habe!" Haß und Groll raubten ihm jede Möglichkeit in dieser Situation noch einen halbwegs klaren Gedanken zu fassen. "Du Waschlappen! Du schwule Sau!"

Über Franks Ruhe und Gelassenheit verlor er völlig die Beherrschung. Mit seinem rechten Fuß trat er seinen jüngsten Sohn kräftig in seine empfindlichste Stelle genau zwischen seine Beine.

Frank schrie vor Schmerz laut auf, taumelte und krümmte sich. Dadurch traf ihn der zweite Fußtritt seines Vaters genau vor die Brust. Er fiel zu Boden und rutschte auf die Treppe ab, auf der er sich mehrmals überschlug. Schließlich blieb Frank bewußtlos am Fuß der Treppe liegen.

Achtlos, ohne sich weiter um Frank zu kümmern, ging Martin Henning wieder zurück ins Wohnzimmer, wo sich seine Frau gerade einen Martini eingeschenkt hatte. Das tosende Gewitter hatte den Zusammenstoß zwischen Vater und Sohn übertönt, sie hatte nichts davon mitbekommen.

"Trinkst du einen mit?"

"Gern, aber mit viel Eis."

In seinem vorangegangenen zügellosen Zorn war ihm gar nicht recht bewußt geworden, daß sein jüngster Sohn womöglich durch seine beiden Fußtritte und den Treppensturz Verletzungen davon getragen haben konnte. Längst wähnte er ihn in seinem Zimmer. Ein Denkzettel, mehr sollte es ja auch nicht sein. Konsequente Schritte mußten nun folgen, die Franks Umgang in die gewünschten Bahnen lenkte. Er bereute ein wenig, daß er sich nicht schon eher zu diesem Entschluß durchgerungen hatte. Es mußte doch möglich sein, auch aus Frank einen anständigen Menschen zu machen, der einem Vergleich mit seinen Brüdern gewachsen war.

Das Gewitter ließ nach. Martin Henning öffnete die Terrassentür. Endlich ein wenig frische Luft nach dieser langen unerträglichen Schwüle. Er atmete tief durch und blickte in die unruhige Nacht.

Draußen fuhr ein Auto vor. Richard Henning, der zweitälteste Sohn der Familie, kehrte heim. Als er von der Garage auf das Haus zuging, fiel ihm auf, daß im Wohnzimmer noch Licht brannte, sah die geöffnete Terrassentür und dann seinen Vater.

"Ihr seid noch auf?"

"Bei diesem Unwetter kein Wunder."

"Es ist viel Regen heruntergekommen."

"Den brauchten wir auch mehr als dringend."

"Ich soll euch schön von Marita grüßen." Richard war ins Wohnzimmer eingetreten.

"Danke, Richard. Wie geht es ihrer Mutter?"

"Nicht gut. Marita mußte sich um sie kümmern. Darum bin ich auch jetzt schon zurück. Heute abend waren wir kurz im "Rodeo" und haben viel Spaß gehabt."

"Freut mich für euch. Ein bißchen Abwechselung tut gut."

Auf Richard und Heinz konnte man wirklich stolz sein.

"Nun werde ich mir noch einen Schlummertrunk genehmigen und dann ab ins Bett."

"Mach das Richard. Wir werden auch bald schlafen gehen."

'Kann es mit Frank nicht auch so sein?' überlegte Martin Henning. Ungetrübte Familienidylle verbreitete sich im Wohnzimmer. Schweigend genossen die Anwesenden ihre Drinks, die hereinströmende Frische.

"Also, dann gute Nacht."

"Schlaf recht gut, Richard."

Als Richard gerade die Treppe hinauf gehen wollte, wäre er beinahe über seinen dort liegenden jüngeren Bruder gestolpert.

'Warum liegt denn der hier?' überlegte Richard im ersten Moment. Er betrachtete ihn näher. 'Mein Gott, der blutet ja.'

"Frank, was ist mit dir?" Vorsichtig versuchte er ihn auf den Rücken zu drehen und erschrak bei dem Anblick, der sich ihm nun bot. Franks weiße Hose war links oben mit Blut durchtränkt, sein blauweiß gemustertes T-Shirt wies unzählige Blutflecke auf. Er hatte die Augen geschlossen und atmete schwer.

'Was ist nur passiert? Hier hat doch jemand nachgeholfen.'

"Vater! Mutter! Kommt sofort her!" rief Richard so laut er nur konnte in die Richtung des Wohnzimmers. "Mit Frank ist etwas geschehen! Macht schnell!"

Beim Anblick seines wie tot da liegenden Sohnes Frank begann Martin Henning zu taumeln und stammelte: "Das habe ich nicht gewollt, so doch nicht gewollt."

"Martin! Was hast du mit Frank gemacht? Du hast ihn ermordet!"

"Erika, bitte, Erika," brach es aus ihm hervor, "ich will dir alles erklären."

"Dazu ist jetzt wohl keine Zeit!" Erika Henning beugte sich über Frank und wandte sich dann Richard zu, der mit ängstlichen Augen abwechselnd seine Eltern und Frank anstarrte. Er war wie gelähmt.

"Steh, hier nicht so dumm herum! Unternimm etwas! Siehst du nicht, was dein Vater hier angerichtet hat? Ruf einen Notarztwagen!"

Richard verschwand im Arbeitszimmer seines Vaters im ersten Stock des Hauses. Martin Henning berichtete seiner Frau kurz was vorgefallen war.

"Wenn Frank nun schon einmal homosexuell ist, dann kann man ihn mit solchen Mitteln nicht kurieren. Jetzt bist du zu weit gegangen. Jetzt verlierst du dein Gesicht vor der Welt! Du scheinst für deine Image sogar über Leichen gehen zu wollen. Das hätte ich nicht von dir gedacht!"

"Erika, ich bitte dich. Sei doch einmal vernünftig. Schwule haben damals meine Karriere in der DDR zerstört. Verstehe mich doch bitte!"
"Ich verstehe überhaupt nichts mehr. Hast du denn etwa keine Karriere gemacht? Du zählst zu den angesehensten Bürgern unserer Stadt."
"Aber ich hatte mir alles ganz anders vorgestellt."
"Wohl so, daß man dich mit Orden überhäuft, wenn du andere totschießt?"
"Das Militär ist nicht nur zum Kriegführen da."
"Wofür denn wohl sonst? Du wolltest deine Karriere wohl auf dem Unglück und Verderben anderer aufbauen? Du bist ja ein Sadist!" Den besten Beweis hast du ja mit deinem Verhalten gegenüber Frank geliefert."
"Militär bedeutet Ordnung."
"So nach dem Motto: Alles tanzt gefälligst nach meiner Pfeife? Und da du das beruflich nicht realisieren konntes, mußte deine Familie dafür herhalten und darunter leiden? Ich kann mich nur noch schämen, daß ich dein mieses Spiel nicht eher durchschaut habe! Du kotzt mich regelrecht an!"
"Ich wollte für uns stets nur das Beste."
"Ich fürchte, du weißt gar nicht was das überhaupt ist. Was hast du nur angerichtet?"
"Ich bin auch nur ein Mensch und nicht unfehlbar. Frank wird wohl nicht viel mitgekriegt haben. Der erholt sich schnell wieder."
"Das ich nicht lache! Der blutet wie ein Schwein! Für dich als staatlichen Revolverhelden kann das wohl egal sein? Du scheinst nur allzugern über Leichen zu gehen, insbesondere über schwule -? Das erinnert mich direkt an Hitler. Der hatte in seiner Jugend Probleme mit den Juden!"
"Erika, ich bitte dich!"
"Jetzt ist es zu spät! Wenn Frank nicht mehr zu helfen ist, lasse ich mich scheiden! Mit einem Mörder werde ich nicht länger mehr zusammenleben wollen! Außer Zerstörung hast du ja doch nichts im Sinn. Nur deine Meinung zählt, keine andere. Wer nicht so denkt wie du, der muß einfach krepieren, oder? Ich habe dich jetzt richtig durchschaut! Geh mir aus den Augen, elende Kreatur!"
Martin Henning erwiderte nichts mehr. Er war am Ende seines Fassungsvermögens angelangt, kreidebleich sein Gesicht. Niedergeschlagen setzte er sich auf einen Stuhl, während sich seine Frau um Frank kümmerte. Sie fühlte seinen Puls, der kaum zu spüren war.
Richard ging inzwischen unruhig vor dem Haus auf und ab und wartete

auf das Eintreffen des Notarztwagens als der älteste Sohn der Familie,
Heinz, zurückkehrte.
"Hallo, Richard," begrüßte er sichtlich überrascht seinen Bruder,
"bist du unter die Schlafwandler gegangen, daß du nun schon nachts auf
der Straße herumlaufen mußt?"
"Jetzt ist nicht der richtige Augenblick für dumme Witze, Heinz. Bei
uns hat es soeben eine Szene wegen Frank gegeben."
"Ach, geh doch. Über den muß man sich doch wohl nicht mehr aufregen,"
kam es eher gleichgültig zurück.
"Hör sofort auf! Gespöttel ist jetzt völlig fehl am Platz. Vater hat
Frank fast totgeschlagen."
"Was sagst du da? Warum?"
"Weiß ich noch nicht. Ich habe den ärztlichen Notdienst rufen müssen,
so schlecht steht es um ihn. Er ist ganz übel zugerichtet. Das kannst
du dir überhaupt nicht vorstellen."
Heinz war den Worten seines jüngeren Bruders mit offenem Mund gefolgt.
Er war sprachlos über die Ereignisse in seinem Elternhaus. Bevor er
sich aber wieder einigermaßen gefaßt hatte, erreichte der Notarztwagen
mit quietschenden Bremsen das Haus. Fahrer und Begleiter stiegen aus
und wandten sich sofort an die beiden Brüder.
"Haben sie uns gerufen?"
"Ja," antwortete Richard, "machen sie schnell. Es geht um Leben und
Tod."
Zu viert eilten sie dem Haus entgegen. Heinz und Richard gingen voraus
und öffneten den beiden Sanitätern die Eingangstür.
Ein trauriges Bild bot sich den Ankommenden am Fuß der Treppe.
Erika Henning kniete noch immer über ihrem jüngsten Sohn, dessen
Gesicht aschfahl geworden war. Sie weinte.
Ihr Mann saß noch immer völlig aphathisch, unansprechbar, auf seinem
Stuhl und nahm das Geschehen um ihn herum kaum noch war.
"Bitte," flehte Erika Henning, "seien sie vorsichtig. Fügen sie ihm
nicht noch mehr Schmerzen zu."
"Natürlich. Wir bringen ihn sofort ins Kreiskrankenhaus nach Neustadt.
Möchten sie mitfahren?"
"Nein," antwortete sie, "einer meiner beiden anderen Söhne wird mich
gleich bringen, oder?" Sie sah Heinz und Richard an.
Beide nickten.
Heinz schaute verständnislos seinen Vater an. Er konnte es nicht be-
greifen, daß er zu solch einer Untat fähig gewesen war.
Erika Henning verfolgte ratlos, wie ihr jüngster Sohn aus dem Haus ge-

schafft wurde. Heinz begleitete den Transport noch bis zum Fahrzeug und sah dem Wagen nachdenklich hinterher, kehrte dann zurück und bot seiner Mutter an, daß er sie gleich nach Neustadt bringen würde. Achtlos ließen die drei Martin Henning in der Eingangshalle zurück, um im Wohnzimmer einen kurzen Moment unter sich sein zu können.

"Warum das alles?" wollte Heinz wissen.

"Frank hat sich mit einem Typen in der Öffentlichkeit vergnügt, mit dem jüngsten Sohn von Hollmanns, du weißt schon wen ich meine?"

"Aber natürlich, das hätte ich mir auch gleich denken können."

"Wieso?"

Und Heinz begann zu berichten, was er wußte. Erzählte von dem Abend, als er Frank mit Michael überrascht hatte.

"Und warum hast du und das nicht einmal gesagt und solange verheimlicht?" schrie ihn Richard vorwurfsvoll an.

"Ich habe es nicht für wichtig befunden. Ärger um Frank hat es doch weiß Gott schon genug in unserer Familie gegeben."

"In diesem Haus gedeiht das Mißtrauen in voller Blüte, die keine Grenzen kennende Scheinheiligkeit. Vorallem der Schein, etwas zu sein, was man gar nicht ist, eine harmonische, normale Familie mit allem Klimbim der dazu gehört."

"Ja, von gegenseitigem Vertrauen untereinander sind wir sehr seit entfernt," ging Erika Henning dazwischen, "vieles ist auch meine Schuld. Ich habe bei Martin einfach zu Vieles durchgehen lassen." Sie wußte schließlich genau um die Gründe, warum ihr Mann aus dem Militärdienst ausscheiden mußte und wollte diese Wunden nicht erneut aufreißen. Erst heute wird ihr richtig bewußt, daß das ein schwerwiegender Fehler war. Auch hätte sie nicht zulassen dürfen, daß ihr Mann Frank zu einem erneuten Schulbesuch gezwungen hatte. "Andererseits bin ich tief enttäuscht von dir Heinz, nun erfahren zu müssen, wie wenig Vertrauen du doch zu mir hast. Ich bin doch schließlich deine Mutter, mit der man über alles vernünftig reden kann."

"Das habe ich damals aber ganz anders empfunden."

"Heinz, wir wissen doch alle, was mit Frank los ist und ich habe mir auch Gedanken über ihn gemacht."

"Davon habe ich aber nie etwas bemerkt."

"Ja, sollte ich denn täglich dieses Problem diskutieren? Du weißt doch wie Vater darüber denkt. Es war für ihn einfach kein Gesprächsthema. Und es lief doch alles."

"Und wie! Das haben wir jetzt ja gesehen!"

"Du bist ein erbärmlicher Feigling, Heinz," mischte sich Richard in

diesen Disput ein, "selbst mir hast du nicht ein Sterbenswörtchen gesagt."
"Du hast Frank genug mit seinem Schwulsein aufgezogen. Wie sollte ich
denn da annehmen, daß dich das überhaupt interessiert?"
"Mir wird direkt speiübel von dem unerträglichen Mißtrauen untereinander in dieser Familie! Sind wir das eigentlich überhaupt bei den
sich hier auftuenden Abgründen?"
Betretenes Schweigen bei Heinz und Erika Henning.
"Jedenfalls hast du den größten Schuldanteil an dem was heute hier
vorgefallen ist. Mit ein wenig Fingerspitzengefühl hättest du uns
schon längst in Kenntnis über alles setzen können und vorallem müssen. Wir sind doch keine Unmenschen mit denen man nicht über alles,
aber auch wirklich alles reden kann, oder?"
"Heinz, ich verstehe dich wirklich nicht. Zu mir als Mutter hättest
du doch wirklich mehr Vertrauen haben können. Frank ist doch auch mein
Sohn, den ich genauso lieb habe, wie euch beide, auch wenn ich es mit
ihm nicht ganz so einfach habe. Franks Unglück kann doch nicht in meinem Interesse sein? Ein richtiger Freund ist doch etwas ganz Anderes
als irgendein sexuelles Abenteuer, heute der und morgen wieder ein anderer. Darüber muß man doch wirklich reden. Jetzt sieh zu, wie du da-
mit fertig wirst."
"Ja, und ich werde jetzt bei Hollmanns anrufen," fuhr Heinz fort.
"Kurz nach Mitternacht?" Richard tat überrascht.
"Egal, in dieser Situation dürfte das wohl erlaubt sein. Sein Freund
hat das Recht zu erfahren, was hier passiert ist, oder?"
"Natürlich." Erika Henning nickte.
Martin Henning hatte sich inzwischen im Schlafzimmer eingeschlossen.
Er verstand die Welt nicht mehr. Alles um ihn herum schien zusammen-
gebrochen.
*
Bei Hollmanns schellte das Telefon.
'Wer ruft denn so spät noch an?' Ernst Hollmann schaute auf die Uhr.
'Vielleicht die Dienststelle?'
"Ja, Hollmann," meldete er sich kurz und knapp.
"Heinz Henning," erklang es am anderen Ende der Leitung, "entschuldi-
gen sie vielmals die außergewöhnliche Störung. Ich hoffe, daß ich sie
nicht aus dem Schlaf geholt habe. Kann ich ihren Sohn Michael sprech-
en? Es ist dringend."
Ernst Hollmann holte seinen Sohn an den Apparat.
"Hier Michael Hollmann. Was gibt's?"

"Hier Heinz Henning. Sie kennen mich ja. Tut mir leid, in solch einer späten Stunde mit schlechten Nachrichten stören zu müssen."
"Was ist denn passiert?"
Und Heinz berichtete von den Vorgängen in seinem Elternhaus.
"Mein Gott," Michael war außer sich, "ist Frank nicht schon genug bestraft worden?"
"Wem sagen sie das. Ich werde gleich mit meiner Mutter nach Neustadt fahren, um zu erfahren, wie es um ihn steht."
"Ich komme natürlich auch."
"Das ist gut. Das ist ganz lieb von ihnen."
"Es geht doch schließlich hier auch um meinen Freund."
"Ja natürlich. Also dann bis gleich."
Damit war das Gespräch beendet.
Michael unterrichtete kurz seine Eltern über das was vorgefallen war, die mit Besorgnis seine Worte verfolgten.
Auch Ulrich und Dorothee entging die nächtliche Unruhe nicht. Sie wirkten bestürzt über die Vorgänge im Haus der Hennings und wünschten Michael Kraft auf seinem bevorstehenden schweren Gang. Was sollte man in solch einer Situation überhaupt sagen? War nicht jedes Wort zuviel? Offen gestanden, waren sie mit dieser für sie ungewohnten Situation auch völlig überfordert.
*

Fast gleichzeitig brachen sowohl Heinz und seine Mutter als auch Michael nach Neustadt auf.
Zur selben Zeit hektisches Treiben in der Notaufnahme des Kreiskrankenhauses.
"Sehr ernst," diagnostizierte Dr. Schindler, "wir bekommen die Blutungen nicht in den Griff. Rippenfrakturen beeinträchtigen die Lungentätigkeit, Lendenwirbel- und Schädelfrakturen sind auszuschließen. Der Patient hat großes Glück gehabt. Aber kaum noch Puls." Das Team kämpfte um Franks Leben. Schließlich: "Das Herz hat ausgesetzt."
"Herzmassage! Wir dürfen nicht aufgeben!"
Dann: "Doppelte Blutransfusion."
Frank wurde auf die Intensivstation verlegt.
*

Im Wartebereich hatten sich Erika Henning und Michael inzwischen miteinander bekannt gemacht.
"Das wir uns unter solchen dramatischen Umständen kennenlernen müssen. Möge man das uns nur verzeihen?"
Oberschwester Elke betrat den Warteraum.

"Sind sie die Angehörigen von Frank Henning?"

"Ja, ich bin die Mutter, das ist sein Bruder und das ist sein Freund."

"Es steht sehr schlecht um Frank Henning."

"Können wir ihn sehen?"

"Schon, er liegt auf der Intensivstation. Ich bringe sie gern hin."

Nachdem sie mit Schutzmänteln versehen worden waren, betraten sie den Krankenbereich.

Am Fußende des Bettes von Frank überwachte Schwester Monika über einen Monitor die Funktionen des Körpers.

Michael schnürte es fast die Kehle beim Anblick Franks zu. Er mußte viele Male kräftig schlucken. Konnte in solch einem Körper überhaupt noch Leben sein?

Es ging auf Drei Uhr zu. Nach dem schweren Gewitter am Vorabend war es nun eine helle Mondnacht geworden. Man hätte sogar Glühwürmchen im Schein des Mondes tanzen sehen können ....

Michael durfte sich neben Franks Bett setzten und blickte ihn ratlos an. Tränen standen in seinen Augen. Er wischte sie verstohlen fort, beobachtete dann die einzelnen Blutströpfchen, die sich aus einer Blutskonserve durch ein durchsichtiges Röhrchen abwärts bewegten und schöpfte mit jedem Tropfen neue Hoffnung.

Franks totenbleiches Gesicht zeigte keinerlei Regung. Seine Lippen waren trocken.

"Schwester ...."

"In dieser Situation darf ich ohne ärztliche Anweisung nichts tun."

Am linken Arm sickerte Blut aus einem Verband. Schnell wurde er von Schwester Monika ersetzt.

Alle Anwesenden schwiegen. Man fühlte sich bei diesem Anblick hilflos, ganz klein und schäbig zugleich. Jegliches Leben schien diesen Körper verlassen zu wollen.

Schwester Monika blickte ernst. Es gibt wiederholt Szenen, wo man am liebsten seinen Beruf aufgeben möchte. Würde ihnen dieser junge Mensch unter den Händen wegsterben?

Dr. Schindler kam vorbei. Sein Gesichtsausdruck nicht minder ernst.

"Was wir tun konnten, haben wir getan," sagte er unhörbar für die Anwesenden zu Schwester Monika.

"Die Blutungen sind zum Stillstand gekommen. Der Kreislauf nach wie vor instabil."

"Rufen sie mich, wenn eine Veränderung eintritt."

"Sie müssen tapfer sein." Stumm drückte er Erika und Heinz Henning die Hände. "Beten Sie für ihn."

Auch ohne Worte hatte er die tieferen Zusammenhänge dieser Situation durchschaut.

'Und das in unserer heutigen aufgeklärten Welt,' dachte er sich im Fortgehen.

Was blieb, war atemlose Stille. Nur Schwester Monikas Monitor tickte leise und ohne Unterbrechung.

Nach einer Stunde kam Dr. Schindler abermals.

Achselzucken. Allgemeine Ratlosigkeit. Grausames Warten....

Plötzlich: "Herz- und Kreislauffunktionen stabilisieren sich."

Fünf Augenpaare starrten gebannt auf den leblosen Körper, suchten nach einer Bestätigung für die, die unerträgliche Stille zerreißenden Worte Schwester Monikas.

Aufatmen! Aber nichts geschah! War es nur ein letztes Aufflackern?

Michael ergriff zaghaft Franks linke Hand, ganz kalt, drückte sie sanft. Er begann zu seinem Freund wie in einem Fiebertraum zu sprechen und vergaß dabei seine Umgebung.

"Bitte Frank, bleib. Was soll ich denn ohne dich, Frank? Ich will alles für dich tun, wenn du nur bleibst. Bitte bleib. Ich liebe dich. Das weißt du doch. Nein, Frank, du darfst mich jetzt nicht in Stich lassen."

Ergriffen sahen Erika Henning und Heinz zu.

"Wenn das keine Liebe ist, Mutter," flüsterte Heinz leise.

"Ich habe verstanden. An mir soll es nicht mehr scheitern."

"Aber Vater?"

Stummes Achselzucken.

Allmählich schien in Franks Körper das Leben zurückzukehren. Die Atmung wurde gleichmäßiger. Die Augenlider begannen zu zucken, schließlich sich gar zu öffnen, auch die Lippen, erste leise Worte.

"Michael, du?"

Der strahlte natürlich überglücklich.

"Ja, Frank, jetzt wird alles gut."

"Alles gut?" Nun erkannte er auch seine Mutter und seinen Bruder im Hintergrund, ein Schatten huschte über sein Gesicht.

"Frank, es wird wirklich alles gut. Du mußt schnell wieder ganz gesund werden."

Erika Henning und Heinz nickten und traten näher.

"Frank, verzeih uns."

"Oh, Frank, schön das du lebst."

Freude hatte ihre Sorgen vertrieben, wie Sonnenstrahlen die Dunkelheit.

Frank konnte das Geschehen um ihn herum allerdings nicht begreifen.
Sicherlich träumte er, aber wohl einen schönen Traum.
"Ich muß sie leider bitten, nun zu gehen," schaltete sich Schwester
Monika ein, "mehr verträgt der Patient jetzt nicht."
Auch Dr. Schindler war erleichtert, als man ihm mitteilte, daß der
Patient erwacht war.
Todmüde, aber glücklich, verließen drei Menschen das Kreiskrankenhaus.
Schlafen, mehr wollten sie jetzt nicht. Alles andere würde sich schon
finden. Die Zeit heilt Wunden, löst Probleme.

*

Im Haus der Hennings hatten sich inzwischen die Ereignisse regelrecht
überschlagen. Vor dem Haus hielt ein Streifenwagen.
Richard lief den Rückkehrern aufgeregt entgegen. Seine Stimme über-
schlug sich.
"Vater hat Selbstmord begangen! Er ist aus dem Fenster gesprungen!"
"Oh, mein Gott! Nimmt denn das Unglück überhaupt kein Ende mehr? Was
haben wir denn verbrochen? Wofür müssen wir jetzt bezahlen?" Erika
Henning war fassungslos. Sie konnte sich allein nicht mehr auf den
Beinen halten. Heinz konnte sie noch rechtzeitig auffangen, damit sie
nicht zu Fall kam.
"Frank hat es geschafft."
"Wenigstens eine gute Nachricht, Heinz." Richard wirkte ein wenig erleichtert. Ob man das in einer solchen Situation überhaupt sein kann?
Kurzfristig war er sogar unter Mordverdacht geraten, seine Unschuld
aber schnell bewiesen, da das Tatzimmer abgeschlossen ist, der Schlüssel innen steckt.
Keine große Trauer nach alledem was sich ereignet hat. Auch Michael
kann dem Mann, der seinen Freund beinahe umgebracht hatte, keine Träne
nachweinen. Das Leben mußte weitergehen, vorallem offen, frei und vorurteilslos.
In aller Stille wurde Martin Henning beigesetzt.

*

Durch den tragischen Tod von Martin Henning wurde das Thema Michael
öffentlicher Gesprächsstoff in Waldkirch.
Auch im Haushalt der Familie Mühlmeyer werden die Vorgänge der vor-
gestrigen Nacht diskutiert.
"Du," begann Harald seinen Vater zu fragen, "ist Michael nicht der
Sohn von deinem Arbeitskollegen?"
"Ja."
"Und was hattest du für einen Eindruck? Ihr habt doch vorgestern auch

sicherlich über Michael gesprochen?"

"Ja, er wußte genau, daß sein jüngster Sohn schwul ist und tat als ob es das Selbstverständlichste auf der Welt sei. Schwuler Sex, na, ich weiß ja nicht."

"Ich finde das jedenfalls toll."

"Mein lieber Harald, du scheinst ja gar nichts dagegen zu haben?"

"Ja, warum auch nicht, wenn man einen guten Freund hat. Als ich 16 Jahre alt war, war ich viel mit Christian Schrader zusammen."

"Ich erinnere mich und mir war nicht immer wohl dabei."

"Deine damaligen Sorgen kann ich heute nur bestätigen. Öfter hatten wir auch sexuelle Kontakte und wir haben viel Spaß dabei gehabt. Aber letztlich war es doch nicht mein Ding."

"Harald, das wußte ich ja noch gar nicht."

"Dann weißt du es eben jetzt."

"Machst du es dir nicht ein wenig zu einfach, Harald?" In der Regel suchen Homosexuelle immer nach neuen Sexpartnern?"

"Und viele Männer suchen sich laufend neue Sexpartnerinnen."

"Harald!"

"Es ist doch nur allzu menschlich, wenn man sich nach einem Partner sehnt, der einem das geben kann, was man sich von ihm erhofft, mit dem man alles machen kann und darf, Träume in Erfüllung gehen läßt."

"Ich glaube, man sollte da zwischen einem reinen Sex- und Fortpflanzungstrieb unterscheiden."

"Natürlich. Glaubst du etwa, ich ginge mit Marion nur ins Bett, um mich fortzupflanzen?"

"Harald!"

"Willst du das etwa abstreiten? Willst du etwa behaupten mit deiner Frau keinen reinen Sex gemacht zu haben? Ihr habt doch nicht nur einmal miteinander geschlafen, um mich zu zeugen?

"Wir haben nun einmal eine ethische und christliche Ordnung, mit der wir immer recht gut gefahren sind."

"Man zieht sich den Schuh an, der einem gerade paßt."

"Harald!"

"Jede Ordnung ist gut, die einem Staat Macht verleiht und bringt. Die Familien liefern die Kinder, die der Staat nachher in den Krieg ziehen lassen darf. Je mehr Familie, um so mehr Kinder, um so mehr Macht. Denke doch nur einmal an Hitlerdeutschland. Ätzender ging es wohl kaum noch. Feine Weltordnung. Alle sollten sich schämen."

Herr Mühlmeyer gab sich geschlagen. Sein Sohn war nicht zu beeindrucken.

Im Gasthof "Löwen" herrschte reger Betrieb.

"N'Abend Herbert, n'Abend Axel," begrüßte der Wirt zwei neu ankommende Gäste, die zu seinem Stammpublikum zählten."

"Ein Pils, ein Kirschwasser, wie üblich?"

"Natürlich, Heiner, alles wie üblich."

"Nun, was sagt ihr beiden denn zum Fall Henning?"

"Was soll man dazu schon wohl groß sagen?"

"Da kann man nicht viel zu sagen? Wer hätte gedacht, daß es Schwule unter uns gibt. Aber, warum auch nicht."

"Es gibt mehr Schwule als du denkst, Heiner."

"So?"

"Schau dir Axel und mich an. Einmal mußt du es ja doch erfahren. Ja, warum sollen es nicht alle erfahren? Bisher hast du uns beide für ge- standene Mannsbilder gehalten und würdest bestimmt nicht auf die Idee kommen, daß wir," Herbert schluckte ein wenig, "schwul sind. Na und? Wir sind es halt."

"Mensch Herbert, Mensch Axel. Darauf muß ich einen trinken. Ihr trinkt natürlich einen mit."

"Und mehr hast du dazu nicht zu sagen?"

"Nein, ich kenne euch beide nun schon viele Jahre. Wenn ihr so seid, warum nicht? Trotzdem seid und bleibt ihr für mich dufte Kumpels."

Der Wirt schenkte drei Gläser mit Weinbrand voll.

Herbert blickte ungläubig seinen Freund Axel an, der ihn mit strahlen- dem Gesicht anlächelte.

"Herbert."

"Ja, Axel, wer hätte das gedacht?"

"Jahrelang verstecken wir uns."

"Ich fühle mich plötzlich viel freier, gelöster ...."

"Ich kann es kaum fassen."

Sie hätten sich in diesem Moment umarmen wollen.

"Na, ihr beiden Turteltauben. Laßt uns endlich zusammen anstoßen. Es ist ein denkwürdiger Augenblick für euch. Nicht immer springt man über seinen eigenen großen Schatten."

Mehreren Gästen waren die Vorgänge an der Theke nicht verborgen ge- blieben. Sie lauschten gespannt, aber widmeten sich schnell wieder ihrer selbst zu.

Zu diesen Zuhörern zählte auch Axels Chef.

'Wie, einer meiner Mitarbeiter schwul? Das muß ich doch genauer wissen?'

Er stand von seinem Platz auf und setzte sich neben Axel und Herbert
an die Theke.

"Hallo, Axel. Habe ich das richtig verstanden? Du bist verkehrt rum?"

"Wenn sie es so ausdrücken wollen."

"Warum hast du das nicht schon eher gesagt?"

Axel sah seinen Chef mit erstaunten Augen an.

"Man kann doch über alles reden."

"Ja und nein. Wenn es wirklich so wäre, hätte es den Fall Henning wohl
nicht gegeben. Schwulsein wird oft mit einem Verbrechen gleichge-
stellt. In Großstädten zeigt man sich toleranter. Auf dem Lande versteckt man sich. Wer weiß, wie lange ich mich mit Herbert noch weiter
verborgen gehalten hätte."

"Das muß sich ändern. Du bist einer meiner fähigsten Mitarbeiter.
Jeder hat ein Recht auf sein Privatleben nach seinen Vorstellungen.
Deshalb würde ich dich doch nicht schlechter einstufen."

Herbert und Axel verstanden plötzlich die Welt nicht mehr.

"Man muß den Leuten ins Gewissen reden. Laßt mich nur machen. Einen
zweiten Fall Henning soll es nicht wieder geben."

"Das ist wohl leichter gesagt als getan."

"Ich sitze im Kirchenvorstand. Das Thema der nächsten Sonntagspredigt
kenne ich schon. Unseren Bürgern muß man einmal ordentlich ins Gewissen reden. Verlogene Moralvorstellungen müssen hinweggefegt werden.
Wenn wir nicht endlich einen Anfang machen, ja, wann soll es denn
sonst sein? Bevor ich es vergesse? Lebst du eigentlich mit deinem
Freund zusammen?"

"Nein, sie werden verstehen, die Leute ...."

"Ach, was geht euch das Volk an. Wenn ihr wollt, kann ich euch eine
schöne Wohnung besorgen."

Axel und Herbert sahen sich ungläubig an.

"Nun, was ist. Sagt, wollt ihr oder wollt ihr nicht?"

"Wollen schon ...."

"Na also, abgemacht! Heiner, einmal Hausmarke, Sekt vom Feinsten!"

Die beiden Freunde glaubten zu träumen. Sie kamen sich vor wie in einer anderen Welt, auf einem anderen Stern.....

*

Anläßlich eines Haarschneidetermins kam Michael mit Friseurmeister
Thom ins Gespräch. Er plant mittelfristig seinen Betrieb aufzugeben,
wenn sich kein Nachfolger findet. Er soll Frank ein Angebot übermit-
teln, was Michael sogleich bei einem Besuch an Franks Kranken-
bett ausrichtete. Frank konnte sein Glück kaum fassen. Erika Henning,

die auch anwesend ist, freute sich ebenso riesig über diese Nachricht.
"Michael, sie sind wirklich nicht nur ein lieber, sondern vorallem
auch ein echter Freund. Welcher Mensch würde sich sonst wohl so für
einen anderen Menschen einsetzen?"

*

Am folgenden Sonntag war die evangelische Kirche zu Waldkirch bis auf
den letzten Platz besetzt. Es hatte sich herumgesprochen, daß eine be-
sondere Predigt von Pfarrer Theodor Brinkmann gehalten werden sollte.
Voller Spannung erwartete die versammelte Gemeinde den Beginn, unter
ihnen Erika Henning mit ihren Söhnen Heinz und Richard, die ganze Familie Hollmann, Gabriele und ihr Freund Olaf, sowie Christine,
Michaels Tanzpartnerin.
Nachdem der Orgelchoral "Vor deinen Thron tret ich hiermit" von Johann
Sebastian Bach verklungen war, begann der Pfarrer zu den Anwesenden zu
sprechen:
"Liebe Gemeindemitglieder!
Heute möchte ich sie mit einem noch nicht für alle alltäglichen Thema
konfrontieren. Allen von uns stehen noch die Geschehnisse vom vergangenen Wochenende deutlich vor Augen. Ein angesehener Bürger unserer
Stadt und unserer Gemeinde begeht Selbstmord, weil er die homosexuellen Neigungen seines jüngsten Sohnes nicht begreifen und damit fertig
werden kann. Sein Leben zerbrach, weil er sich der Realität ver-
schloß. Homosexuelle, ganz gleich ob Männer oder Frauen, werden von
der Gesellschaft noch immer in hohem Maße unterdrückt und in ihrem
natürlichen Lebnesrecht angefochten, verschmäht, abgeurteilt und ver-
teufelt. Diese Tatsachen sind erschreckend und man muß sich fragen, ob
wir nicht gebotswidriger handeln, als die Homosexuellen, denen wir es
tagtäglich nachsagen und nachtragen. Fälle dieser Art gibt es viele,
unschwer lassen sie sich zusammentragen: Homosexuelle werden zusammen-
geschlagen, mit üblen Verleumdungen überschüttet und immer wieder auch
in den Selbstmord getrieben. Was sich hinter solchen Vorfällen an
menschlicher Not und Verzweifelung, an immer wieder enttäuschter
Sehnsucht nach Liebe, Geborgenheit und Zustimmung, an menschlicher Gemeinheit und Brutalität andererseits verbirgt, läßt sich kaum in Worte
fassen.
Nichts ist so stark wie Gottes Liebe. Insbesondere das Neue Testamant
stellt dieses Wort in den Vordergrund. Ich möchte aus diesem Grund
nachfolgend verdeutlichen, was ich aus der Bibel zu lernen versuche
und an alle weitergeben möchte, die mit ihrem Zusammenleben Probleme
haben. Aus dem Hohenlied Salomos des Alten Testaments möchte ich

lernen, daß unsere Sexualität eine Sprache ist, mit der wir einem Menschen sagen und zeigen, daß wir gern haben. Jeder von uns weiß, daß es auch kalte Sexualität gibt. Aber die Sprache der Sexualität ist uns geschenkt als Sprache der Zuneigung, die mich mit einem anderen Menschen so in Verbindung bringt, daß ich ihm Glück schenken kann und es selbst erleben darf. Ich möchte als Mann vom großen König David lernen, daß ich meine Gefühle zeigen darf, auch vorbehaltlos in Beziehungen zu meinen Freunden und das nichts unmännlich ist, sondern menschlich ist. Ich möchte von Jesus lernen, daß alle Ordnungen des Zusammenlebens nur so lange hilfreich sind, wie der Mensch wichtiger bleibt als die Ordnung. Jesus will nicht, daß Menschen an Ordnungen zerbrechen. Es ist nicht in seinem Sinn, Ordnungen zu heiligen, sondern nach Menschen zu fragen. Es ist nicht in seinem Sinn, Menschen zu verurteilen, sondern sie zu verstehen und ihnen zu helfen. Ich möchte mir von Jesus sagen lassen, daß ich zu mir selbst Ja sagen darf, so wie ich bin. Und ich möchte mir zugleich von ihm Mut machen lassen, mich zu verändern. Ich möchte von ihm lernen, mit jedem Menschen vorurteilslos so umzugehen, wie ich das für mich beanspruche. Das heißt für mich nach dem Satz zu leben:
Liebe den anderen, deinen Nächsten, wie dich selbst.
Ich möchte vom Apostel Paulus lernen, daß ich mit einem Menschen niemals die Geduld verliere. Wer liebt, gibt niemals jemanden auf, hat er geschrieben. Ich sehe so viele Menschen darunter leiden, daß sie ihre Freunde und Partner verlassen oder von ihnen verlassen werden. Wir alle haben es bitter nötig, die Liebe zu lernen als Treue, die an einem Menschen festhält.
Wir haben zu lernen, uns zu achten als Menschen, die Geschöpfe Gottes sind. Darauf kam es Jesus an und darauf allein muß es auch uns allen ankommen.
Die Ehe wird für den Menschen als die Form des Zusammenlebnes gepriesen. Das Entscheidende ist aber der Mensch. Er soll die Formen selbst bestimmen können, in denen er leben möchte. Worauf kommt es an? Nicht darauf, in welcher Form er lebt: Ehe oder Partnerschaft ohne Ehe oder Wohngemeinschaft oder allein mit festen Freundschaften. Es kommt nur darauf an, wie er in diesen unterschiedlichen Formen mit sich selbst und mit anderen umgeht. Es kommt nicht darauf an, wen ein Mensch liebt, einen Mann oder eine Frau, sondern es kommt nur darauf an, wie er es tut. Seine Sexualität kann sich niemand aussuchen oder ändern, sie ist ein fester Bestandteil der Persönlichkeit. Homosxuelle sind nicht krank. Ihre Leistungsfähigkeit, ihre charakterlichen Quali-

täten und ihr subjektives Wohlbefinden sind im Durchschnitt weder besser noch schlechter als bei den anderen, es sei denn, sie leiden unter Konflikten, durch eine diskriminierende oder ablehnende Haltung ihrer Umwelt. Das kann man ihnen dann aber nicht zur Last legen, eher ihren Kritikern.

Wenn Hetereosexuelle die homosexuelle Neigung nicht verstehen, nicht nachfühlen können, sie widerwärtig finden, so ist das eigentlich ein Problem der Allgemeinheit und nicht durch moralische Diffamierungen oder medizinische Programme zu lösen. Es sei erinnert an die harte Bestrafung Homosexueller in der Zeit des Faschismus. Es gibt keinen Grund von ihnen Verzicht auf die ihnen gemäße Liebe und Partnerschaft zu verlangen, die für sie, sie für alle anderen Menschen, wichtige Faktoren der Persönlichkeitsentfaltung und des Wohlbefindens sind. Hilfe für Homosexuelle muß in erster Linie darin bestehen, sie mit ihrem Anderssein als gleichberechtigte Bürger zu akzeptieren, wie wir es von ihnen umgekehrt erwarten. Herabwürdigungen, auch durch beleidigende Äußerungen jeglicher Art, zwingt sie zum pyschisch stark belastenden Verleugnen ihrer wahren Bedürfnisse und Partnerbeziehungen und treibt sie in die Isolation von ihren Mitmenschen, die sich dadurch kein objektives Bild von ihnen machen können, ihre Voreingenommenheit nicht ablegen oder Ansichten weiterhin aus Beobachtungen besonders Auffälliger ableiten.

Es gibt in unserer Gesellschaft keine Basis mehr, ja, es widerspricht erst recht ethischen Prinzipien, einen Mitmenschen wegen seiner Homosexualität zu benachteiligen. Ihr Anspruch auf Achtung und Anerkennung ist in allen Bereichen des Lebens unantastbar gleich. Gegenteiliges zu behaupten, widerspricht dem christlichen Gedanken und all seinen Idealen. Vor Gott sind wir alle gleich. Er liebt uns alle ohne Unterschied. Amen!

"Nun laßt uns beten." Die Gemeinde erhob sich.

"Wir haben in diesen Tagen viel über uns selbst und unsere Beziehungen zu anderen Menschen erfahren. Wir haben versucht zu lernen, wie wir mit unseren Wünschen und Bedürfnissen im Blick auf andere besser umgehen können.

Nun bitten wir dich Herr, unser Gott, daß wir einander um Verstehen bemühen, daß wir Augen und Ohren bekommen für die Wünsche des anderen, für das was er braucht, daß wir den Mut nicht verlieren, miteinander zu reden, daß wir einander nicht gefangennehmen mit Eifersucht und Besitzenwollen, daß wir den anderen achten können in dem, was für ihn wichtig ist, daß wir ohne Scheu ausdrücken können, was wir für einander empfinden.

Laßt uns miteinander leben in Frieden, Liebe, Geduld und Freude. Dir unserem Schöpfer danken wir unserer Leben. Er hat uns angenommen wie wir sind. Dich unseren Erlöser wollen wir dafür loben und preisen ewiglich."

Es schloß sich das "Vater unser" abschließend an.

Am nächsten Tag wurden Teile dieser denkwürdigen Predigt sogar in der Regionalpresse veröffentlicht.

*

Nach dem Gottesdienst ging Michael auf Christine zu.

"Bist du nun enttäuscht von mir?"

"Ganz und gar nicht. Wie sollte ich auch? Du bist doch kein anderer Mensch geworden, oder?"

"Nein, Partner, gute Freunde bleiben wir doch. Frank und ich wollen doch nicht der Gesellschaft den Rücken kehren, ganz im Gegenteil, wir wollen nach wie vor dazu gehören, mit ihr unser Leben teilen."

"Daran würde ich niemals zweifeln. Wäre ja schlimm, wenn es anders wäre."

"Prima, daß du es auch so siehst, Christine."

"Das Leben soll und wird weitergehen wie bisher, vorallem offener, freier und ungezwungener, ganz unkompliziert."

"Und das tut es auch. An Frank und mir soll es nicht scheitern. Übrigens, hast du Lust Frank einmal richtig kennenzulernen? Heute nachmittag besuche ich ihn im Krankenhaus. Über einen Besuch deinerseits würde er sich bestimmt freuen."

"Das ist ein tolle Idee, Michael. Natürlich komme ich mit."

"Klasse von dir. Christine, danke. Auch für Frank sind Kontakte zu anderen wichtig. Er muß auch fühlen, daß er dazu gehört. Und dann?"

"Ja, und was dann?"

" ...gehen wir endlich wieder einmal ins "Rodeo", unbeschwert abtanzen. Lust?"

"Das fragst du noch, Michael? Ich wüßte nicht was ich lieber täte. Haben wir doch jetzt erst recht einen Grund zum Feiern, oder?"

"Das stimmt."

"Michael, du bist und bleibst für mich einfach Spitze, trotz der kleinen Unterschiede zwischen uns."

Beide strahlten sich mit mit freudigen Gesichtern an, umarmten sich schließlich und gaben sich sogar einen Kuß.

Sie umgebende Kirchgänger waren völlig überrascht, tuschelten miteinander, hatten einfach keine Erklärung dafür. Michael Hollmann war doch

homosexuell und jetzt das? Man mußte wohl noch viel lernen,um alles
richtig begreifen zu können.

*

Und Frank freute sich nachmittags wirklich riesig über den über-
raschenden Besuch von Christine, endlich vorurteilslos und voll akzeptiert gesehen zu werden, ja, was konnte man sich denn wohl noch
Schöneres wünschen? Endlich richtig Mensch unter Menschen sein können,
ohne wenn und aber!

*

Am folgenden Sonntag wurde Pfarrer Brinkmann von seinem Amtsbruder
Schäfer aus der Nachbargemeinde Denzlingen zu einem Besuch gebeten.
Pfarrer Otto Schäfer war als erzkonservativ bekannt. So hatte es sicherlich nichts Gutes zu bedeuten, wenn einen, in seine Augen ein Hin-
terwäldler, einlud. Sicherlich war ihm seine letzte Predigt zu offen
und vorallem zu tendenziös gewesen. Er durfte sich wohl auf eine Aus-
einandersetzung mit seinem Amtsbruder gefaßt machen.
"Grüß Gott, Theo," empfing ihn Pfarrer Schäfer herzlich. "Ich freue
mich, daß du meine Einladung angenommen hast."
"Ganz meinerseits, mein lieber Otto. Wir haben uns schon lange nicht
mehr gesehen."
"Ja, ja, die schnellebige Zeit. Darf ich dir denn etwas anbieten?
Vielleicht ein Kirschwässerli? Das hast du doch früher stets gern ge-
trunken."
"Du erinnerst dich ganz richtig."
Pfarrer Schäfer goß beiden ein Gläschen ein. "Wohl bekomms!"
"Ja, das tut gut. Eine echte Wohltat."
"Meine Einladung wundert dich sicherlich, nicht wahr?"
"Ja und nein."
"Mein lieber Theo, ich wußte noch gar nicht, daß du so ein großes Herz
für Homosexuelle hast. Als ich am vergangenen Montag den
'Zweitäler-Kurier' aufschlug, glaubte ich meinen Augen nicht zu
trauen, als ich lesen mußte, was du von deiner Kanzel verbreitet hast.
Legst du die Bibel nicht recht eigenwillig aus?"
"Kennst du eigentlich auch die Vorgeschichte, die bedauerlichen Vor-
gänge in meiner Gemeinde?"
"Das schon. Aber ist das für dich ein Anlaß, eine prohomosexuelle Pre-
digt zu halten?"
"Otto, ich meine, wir alle sind in einer Situation, die es erfordert,
unsere Mitmenschen zu akzeptieren und auch in besonders herausragenden
Fällen einmal auf jeden individuell einzugehen."

"Meinetwegen, aber das kann auch, wenn schon individuell, im kleinen
Rahmen geschehen."
"Nur, hier irrst du. Hier ging und geht es nicht um irgendein indivi-
duelles Schicksal. Hier geht es um allgemeine Vorurteile der Gesellschaft, ohne die sicherlich eine derartige Tragödie vermeidbar gewesen
wäre. Ich glaube, daß die Kirche nicht nur das Recht sondern auch die
Pflicht hat, darauf deutlich hinzuweisen, daß sich niemand anmaßen
darf, einen anderen zu verachten, ihn zu unterdrücken, oder ihn aus
welchen Gründen auch immer, hinten anstehen zu lassen. Viele von uns
zeigen sich nach außen kalt und stark, obwohl dies oftmals nur Schau-
spiel ist. Die Wenigsten sind in der Lage zu ihren Gefühlen zu stehen,
weil sie Angst haben als Weichei oder sonstwas geoutet zu werden und
dadurch vielleicht befürchten ihr Ansehen als Mensch zu verlieren. Ist
das richtig? Viel wichtiger ist doch eher zu einem entspannteren Leben
untereinander und vorallem miteinander entscheidende Beiträge zu
leisten. Wir müssen lernen Fehler und Schwächen eines Einzelnen zu
akzeptieren und unsere Vorurteile fallen zu lassen. Es ist ein befrei-
endes Gefühl, wenn man sich mit seinen Problemen einem anderen Menschen unvoreingenommen anvertrauen kann. Für mich steht es daher auch
ganz außer Frage, daß jeder Mensch eine starke Persönlichkeit ist.
Leider mußte ich feststellen, daß man in der heutigen Zeit gar nicht
mehr oder kaum noch Notiz von den Schicksalen unserer Mitmenschen
nimmt. Ich finde, daß es endlich an der Zeit ist, dieses Verhalten ab-
zulegen und einen Schritt nach vorn zu wagen."
"Aber wohl nicht mit Siebenmeilenstiefeln. Vielleicht darf ich jetzt
auch einmal etwas sagen. Wenn du deine scheinbar recht revoltionären
Erkenntnisse auf die Bibel begründest, so solltest du aber auch genauer nachlesen. Der Schöpfer hat den Menschen als Mann und Frau er-
schaffen, damit sie sich ergänzen und schließlich in der Ehe eine Einheit bilden sollen. Eine geschlechtsbezogene Partnerschaft zwischen
gleichgeschlechtlichen Menschen ist schöpfungswidrig. Gleichge-
schlechtliche Personen sind weder geeignet noch von Gott dazu bestimmt
"ein Fleisch" zu sein. Sie können sich nicht in der vom Schöpfer ge-
wollten Weise zu einer neuen Einheit ergänzen. Im ersten Brief Paulus
an die Römer kann man genau nachlesen, daß gleichgeschlechtliches Handeln im Sinne Gottes verwerflich ist. Nicht umsonst haben wohl unsere
Väter im deutschen Strafgesetzbuch in diesem Zusammenhang von widerna-
türlicher Unzucht für richtig befunden. Die Geschlechtlichkeit von
Mann und Frau dient in unersetzlicher Weise dem Gemeinwohl. Sie ist
darauf ausgerichtet, unser Volk zu erhalten. Die ältere Generation

sorgt dafür, daß eine junge aufwachsen kann und die jüngere Generation
sorgt für die ältere, wenn diese nicht mehr in der Lage ist, sich
selbst zu versorgen. Das Verhalten Homosexueller ist dagegen vordergründig und in allererster Linie auf die Befriedigung der eigenen
Triebe ausgerichtet. Eine soziale Aufgabe, einen Generationenvertrag,
kann es in diesem Personenkreis nicht geben. Scheiden Homosexuelle im
Alter aus dem Arbeitsleben aus, nehmen sie die Hilfe der jüngeren
Generation in Anspruch, ohne daß sie hätten mithelfen wollen, daß eine
neue Generation heranwachsen konnte. Wollen wir, nein, können und dürfen wir das als Kirche überhaupt unterstützen?"
"Theorie und Realität trennen Welten, mein lieber Otto. Es gibt nun
einmal Homosexuelle und gar nicht wenige. Wir leben heute und nicht in
der Zeit des biblischen Paradieses. Daher können wir uns gegenüber
ihrer Exsistens und ihrer Probleme nicht verschließen. Wenn Gott sie
nicht gewollt hätte, so gäbe es sie bestimmt nicht. So einfach ist
das. Und da sie nun einmal da sind, müssen wir uns ihrer als Geschöpfe
Gottes vorurteilslos annehmen, auch wenn das nicht in unser Weltbild
paßt. So dürfte es auch keine kinderlosen Ehepaare geben. Alle zahlen
Steuern, zahlen in Versicherungen ein und sorgen für ihr Alter vor.
Von wegen Generationenvertrag. In der Realität ist der längst über-
holt."
"Scheinbar trennen uns Welten, Theo."
"Das möchte ich nicht sagen. Wir alle wollen das Wohl der Menschen.
Nur die Menschen sind eben verschieden. Das dürfen wir nicht über-
sehen, uns nicht dem wirklichen Leben gegenüber verschließen."
"Aber wir müssen es nicht fördern und auch noch Partei ergreifen."
"Wir müssen auf die Probleme der Menschen eingehen, sagte ich."
Pfarrer Schäfer zuckte stumm mit den Achseln.
"Otto, du solltest einmal in aller Ruhe über unser heutiges Gespräch
nachdenken. Es ist nur ein gut gemeinter Rat. Pfarrer Brandauer aus
Elzach hat mich übrigens noch am selben Abend zu meiner mutigen Pre-
digt beglückwünscht und ich denke, daß es viele unserer Amtsbrüder
auch so sehen. Otto, du darfst dich der Gegenwart gegenüber nicht ver-
schließen. Wir leben heute und nicht gestern, schon lange nicht im
Paradies."
"Ja, wenn du meinst." Pfarrer Schäfer holte tief Luft. "Scheinbar bin
ich wirklich nicht mehr auf dem Laufenden. Laß uns dennoch gute Freunde bleiben."
"Das ist ein vernünftiges Wort. Und darauf trinken wir noch ein
Kirschwässerli."

"Gute Idee."

Anschließend tauschte man noch Neugigkeiten aus dem Gemeindealltag aus.

"So, nun muß ich aber gehen, Otto. Heute abend trifft sich bei uns der Bibelkreis. Da darf ich nicht fehlen."

"Hoffentlich stellt ihr ihre Aussagen nicht noch völlig auf den Kopf."

"Bestimmt nicht."

Nachdenklich sah Pfarrer Schäfer seinem fortgehenden Gast hinterher. Er fürchtete sich davor, in eine allgemeine Isolation zu geraten und entschloß sich an den Folgetagen den Dialog mit seinen Amtsbrüdern in den Gemeinden der Umgebung zu suchen. Die Realität hatte ihn an diesem Nachmittag eingeholt.

*

Der Fußballverein wollte nun natürlich auch einmal den Freund ihres Mannschaftskapitäns kennenlernen, was nach seiner Entlassung aus dem Kreiskrankenhaus auch bald geschah.

"Wirklich ein netter Freund, den du da hast," freute sich Trainer Marko. "Du bist und bleibst unser Bester. Gegenüber uns hast du dich immer korrekt verhalten."

"Das wäre ja auch noch schöner gewesen," fuhr Frank dazwischen.

"Nun ja, aber mit schönen Männern, wie du, können wir aber auch durchaus konkurrieren. Das muß ich aber auch einmal sagen."

"Aber keiner ist wohl schwul wie Frank." Michael sah seinen Freund verliebt an. "Das sollte man wohl respektieren, auch wenn es einem manchmal nicht ganz leicht gefallen ist."

"Das haben wir wohl bemerkt." Marko grinste schelmisch, "besonders wenn dein Duschwasser plötzlich kälter wurde. Schon seit einiger Zeit haben wir uns unser Teil dabei gedacht. Und ... mit Steifem hätten wir dich auch gern einmal gesehen. So ist das nicht."

"Rasselbande," Michael schüttelte den Kopf. "Das könnte euch so passen."

"Du, für uns ist nichts dabei. Jeder, wie er gerne möchte. Hauptsache, man kann sich auf jemand verlassen."

"Echt tolle Kameraden." Frank war begeistert.

"Schade, daß du kein Fußballfan bist."

"Alles kann man nicht sein."

Die wichtigste Tatsache an diesem Nachmittag war aber, daß sich Frank auch in diesem Kreis voll akzeptiert fühlen durfte.

Bereits vier Wochen nach dem schicksalshaften Wochenende zog Frank mit seinem Freund in dessen Elternhaus zusammen.

Gleichzeitig trat er seine Lehre beim Friseurmeister Thom an.

Anläßlich eines Grillabends kamen sich die Familien Henning und Hollmann näher, sodaß zukünftig auch familiäre Kontakte zum täglichen Alltag dazu gehörten.

*

"Hi, Schatz", begrüßte Frank seinen Freund, als er an einem heißen Sommertag von der Arbeit zurückkehrte. "Wie war's auf der Arbeit?"

"Wie immer am Montag. Beschissen ...."

"Was hältst du von einem Ausflug?"

"Zum See im Simonswald?"

"Ja, was dachtest du denn?"

"Prima Idee, dann kann ich gleich einmal meine neue Badehose einweihen, die ich mir auf dem Heimweg gekauft habe."

"Darauf bin ich gespannt."

"Laß dich überraschen, ein echt irres Teil."

-

"Was habt ihr denn noch Schönes vor?" wollte Jutta Hollmann wissen, als beide sie vor dem Haus trafen, wo sie noch im Garten arbeitete.

"Wir wollen noch ein kühles Bad nehmen."

"Viel Spaß." Wieder einmal freute sie sich über die harmonische Beziehung zwischen ihrem Sohn Michael und Frank. Hauptsache glücklich und zufrieden. Konnte man sich als Mutter mehr wünschen? Ihr ältester Sohn war glücklich verheiratet, ihr jüngster Sohn hatte ein anderes Glück gefunden. Harmonie prägte ihren täglichen Alltag.

Es war ein schöner Spätsommerabend: Strahlend blauer Himmel, glasklare Luft, nur ein leichter Wind strich durch die Wipfel der Tannen, die dreiviertel des Sees am Simonswald säumten.

Einsamkeit umgab Michael und Frank am Ufer. Sie legten ihre T-Shirts und Jeans ab.

Dann stand Michael in seiner neuen knallgrünen Badehose ausgetupft mit unzähligen schwarzen Laubfröschen vor Frank.

"Wie gefällt sie dir?"

"Echt geil. Aber der Inhalt gefällt mir natürlich noch viel besser," witzelte Frank.

"Du bist so unverbesserlich wie an unserem ersten Abend." Michael mußte lachen. "Aber mal ganz ehrlich, Frank. Ein bißchen mehr Textil würde deinen Lenden auch guttun. Am vergangenen Samstag hast du mit Sicherheit einigen Männern im Freibad den Kopf verdreht."

"Vorallem aber den Mädchen."

"Blödmann."

"Machen wir doch in Zukunft Partnerlook. Ich kauf mir morgen auch solch ein Stück."

"Klasse Idee."

Frank wurde nachdenklich und blickte versonnen in die Weite der Natur.

"Was bedrückt dich, Frank?"

"Überhaupt nichts. Aber in diesem Moment muß ich an den letzten gemeinsamen Urlaub mit meinen Eltern in Kärnten vor zwei Jahren denken, als ich Robin traf, mir richtig bewußt wurde, daß ich schwul bin. Ich war verknallt in ihn, durfte es aber nicht zeigen. Dennoch war es schön mit ihm, die Einsamkeit der Natur zu genießen, wie heute mit dir."

"So, so."

"Aber mit dir ist es noch viel schöner. Du verstehst mich? Erst durch dich habe ich erfahren dürfen was Glück, Zuneigung, Liebe und vorallem Partnerschaft wirklich bedeutet. Du hast diese Begriffe erst mit lebendigem Inhalt gefüllt. Ob du das verstehen kannst?"

"Natürlich. Ein schöneres Kompliment konntest du mir nicht machen."

"Oh, Michael."

Sie fielen sich in die Arme, versanken in einem endlosen Kuß ....

"Michael, du bist nicht nur zum Anschauen da. Mit dir kann ich auch alles machen, was für mich vor zwei Jahren nur Phantasie blieb."

"Aber doch wohl nicht jetzt und hier."

"So verrückt bin ich nun auch wieder nicht. Die nächste Nacht kommt bestimmt ...."

"Bestimmt, wenn wir so weitermachen, ohne das ich meine neue Badehose einweihen konnte."

"Dann nichts wie los!"

Und schon umgab beide die kühlende Frische des Sees. Welch eine Wohltat nach der Hitze des Tages. Einfach nur abschalten, relaxen. Mehr wollten sie nicht.

Schließlich lagen sie in den letzten Strahlen der Abendsonne am Ufer des Sees, lauschten dem Vogelgezwitscher, ließen ihre Seelen baumeln ..., während sich nicht weit entfernt von ihnen Grauenhaftes ereignete ....

*

'Mord an der Kandelhochstraße' - Diese Schlagzeile schreckte die Bevölkerung von Neustadt und Waldkirch auf.

In seinem PKW war Peter S. erschossen aufgefunden worden.

Kommissar Udo Schneider von der Mordkommission in Waldkirch stand vor einer schwierigen Aufgabe. Am Tatort wurden keinerlei zweckdienliche Fingerabdrücke noch sonstige hilfreiche Spuren gefunden.

Mit seinem Kollegen Ralf Hoffmann nahm er sich nun die Wohnung des Ermordeten in Neustadt vor.

"Hat nicht schlecht gelebt," meinte Ralf nach einem ersten Eindruck- "Ich kann mir nicht helfen. Hier haben wir es mit einem Schwulen zu tun. Die nackten Kerle hier an der Wand sprechen Bände."

Udo Schneider öffnete eine Schreibtischschublade und stieß auf eine große Anzahl männlicher Aktaufnahmen. "Mein Verdacht scheint sich mehr und mehr zu bestätigen." Plötzlich hielt er erschreckt inne. "Sieh mal, Ralf, hier sind sogar Duo-Fotos. Mann, ich werde verrückt. Den einen Typen kenne ich sogar. Das ist doch der jüngste Sohn vom Hollmann."

"Zeig mal. Woher weißt du das?"

"Bis vor zwei Jahren war ich doch noch mit ihm zusammen auf der Wache tätig. Kenne seine Familie gut, war ein paar Mal dort eingeladen. Ich wußte gar nicht, daß einer seiner beiden Söhne schwul ist."

"Dann weißt du es eben jetzt."

"Auf jeden Fall ein erster Anhaltspunkt, dem ich nachgehen muß."

"Woran denkst du?"

"Erpressung?"

"Mit solchen Fotos durchaus vorstellbar."

*

Ernst Hollmann war nicht schlecht überrascht von seinem früheren Kollegen mit solchen Nachrichten telefonisch konfrontiert zu werden.

"Ja, Michael ist homosexuell. Das stimmt."

"Das hast du mir nie erzählt."

"Konnte ich auch gar nicht. Wir wissen es ja auch erst seit vorigem Jahr. Plötzlich ging alles sehr schnell. Nun lebt er bei uns mit seinem Freund zusammen, mit Frank Henning, der durch den Selbstmord seines Vaters für Aufsehen gesorgt hat."

"Davon habe ich auch gehört. Wurde damals aber nicht eingeschaltet, da es sich ja nachweislich nicht um Mord handelte. Ist der Freund deines Sohnes eigentlich ein blonder Typ?"

"Ja."

"Na, dann wissen wir nur auch, wer der zweite Typ auf den Bildern ist."

"Udo, was meinst du nur immer mit Bildern?"

"In der Wohnung des Ermordeten fanden wir unter anderem Duo-Aufnahmen mit deinem Sohn Michael und einem weiteren jungen Mann."

"Ich fasse es nicht."

"Normalerweise ist auch nichts dabei. Es sind harmlose erotische
Fotos. Aber in diesem Fall muß ich beide dringend verhören."

*

Bereits zwei Stunden später hatten sich Udo Schneider und Ralf Hoffmann im Haus der Familie Hollmann eingefunden.

Michael und Frank wirkten betroffen und verstört.

Offen ausgebreitet auf dem Wohnzimmertisch lagen vor ihnen die Aktaufnahmen, auf die sie nach dem Eklat im vergangenen Winter mit Peter
und seinem Freund verzichtet hatten.

Betretenes Schweigen.

Ernst und Jutta Hollmann tauschten fragende Blicke.

"Ja," beendete Michael nach einigen Augenblicken die knisternde Stille
im Zimmer, "das war ein großer Fehler. Man hat uns tatsächlich damit
erpreßt, billiger Sex ...."

Kommissar Schneider horchte auf. "Interessant, reden sie weiter."

Frank hatte beschämt den Kopf gesenkt.

"Auf die Bilder haben wir damals verzichtet."

"Und das war alles? Wo waren sie vorgestern abend?"

"Frank und ich waren am See im Simonswald."

"Zeugen?"

"Keine. Dort waren wir ganz allein."

"Das ist alles andere als ein gutes Alibi." Kommissar Schneider
seufzte tief. "Sie hätten ein Motiv für einen Mord, eben Erpressung. Das ist ihnen hoffentlich voll bewußt?"

"Ja, leider. Nur, wir leben jetzt offen schwul. Jeder, der es wissen
muß, wissen sollte, weiß von unserer Beziehung. Es sind doch auch
keine Pornofotos. Wie sollte man uns damit heute wohl erpressen können? Gegen natürliche Nacktheit ist nichts einzuwenden, auch wenn in
diesem Fall eine besondere Beziehung dokumentiert wird."

Frank wirkte erleichtert. "Nur gut, daß wir uns damals nicht zu mehr
breitschlagen ließen. Gar nicht auszudenken."

"Auch das wäre für uns heute kein Problem," fuhr Michael mit ruhiger
Stimme fort, "ein Motiv für einen Mord haben wir nicht, nie gehabt."

Kommissar Hoffmann zuckte mit den Achseln.

"Seit dem Krach in seiner Wohnung haben wir von Peter und seinem
Freund nie wieder etwas gehört," ergänzte Frank. "Vielleicht kann man
ihnen ja im "Why not" in Neustadt weiterhelfen? Dort war Peter Stammgast und knüpfte seine Kontakte, immer wieder neue ...."

"Das ist ein guter Hinweis." Kommissar Schneider wirkte erleichtert.
"Offen gestanden, einen Mord traue ich euch beiden auch nicht zu."
"Scheinbar aber doch?"
"Fakten sprechen eine eigene Sprache. In solch einem Fall müssen wir jeder Spur nachgehen."
"Logo."
"Also, Ralf, auf nach Neustadt."
Beide Kommissare wollten sich verabschieden.
"Dürfen wir die Fotos behalten?" wollte Michael neugierig wissen.
"Meinetwegen, aber nicht wegwerfen."
"Ganz bestimmt nicht."
Wenig später war Michael mit Frank und seinen Eltern allein, die bisher die Fotos nur schamhaft aus der Ferne gesehen hatten.
"Laßt doch mal anschauen."
"Von mir aus, Vater."
Auch Jutta Hollmann war neugierig.
"Sehr schön, viel Gefühl .... "
".... einfach nur Liebe," ergänzte Frau Hollmann. "Aber in Zukunft stellt ihr eure Gefühle nicht mehr so offen zur Schau. Versprochen?"
"Ehrenwort, Mutter."
"Ja, ja, die Jugend, nur Flausen im Kopf," meinte Ernst Hollmann abschließend. "Früher wäre soetwas undenkbar gewesen. Da merkt man, daß man zum alten Eisen gehört."
"Ernst, ich bitte dich. Wir stehen doch auch noch voll im Leben," empörte sich seine Frau.
Er zwinkerte ihr unmerklich zu und meinte leise."Ja, das habe ich fast vergessen."
"Und nun ihr Lausbuben, was haltet ihr vom Abendessen?"
"Sehr viel."
Ausgelassene Stimmung, allgemeine Erleichterung.
Udo Schneider und Ralf Hoffmann waren dagegen davon noch weit entfernt.
*
Weitere Spuren in der Mordsache Peter S. ergaben sich im "Why not" in Neustadt.
In Gero fanden die beiden Kommissare dort gleich den richtigen Ansprechpartner.
"Ja, der Peter war einer unserer Stammkunden, dem der Sinn nach Abwechselung stand. Nun, mir egal. Hauptsache ist, daß unsere Gäste zufrieden sind."

"Ist ihnen in der letzten Zeit etwas Besonderes aufgefallen?" wollte Kommissar Schneider wissen.

"Nein, nicht unbedingt, aber doch, warten sie mal. Kürzlich hat Peter einen jüngeren Typen angebaggert. Eigentlich nichts Außergewöhnliches. Aber sie haben sich in den vergangenen Wochen fast regelmäßig getroffen und sind stets zusammen abgezogen. Auch das hätte für mich keine Bedeutung gehabt, wäre nicht zweimal ein gewisser Heiko aufgetaucht, der sich mit Peter ziemlich gezopft hat. Einzelheiten habe ich nicht mitbekommen. Man hat ja seine Arbeit und dann die laute Musik. Außerdem haben beide immer in der hintersten Ecke miteinander gestritten. Der Jüngere sollte wohl nichts mitkriegen. Echt ein süßer Fratz, im Gegensatz zu dem Streithansel."

"Interessant."

"Ob der eine gar eifersüchtig war?"

"Sieht wohl so aus. Vielen Dank für ihre Hinweise."

"Möchten sie noch etwas trinken? Es geht auch auf's Haus."

"Dafür haben wir jetzt leider keine Zeit mehr. Vielleicht ein anderes Mal."

"Ich glaube nicht, daß sie wiederkommen werden. Warum sollten sie auch?"

"Ja, warum sollten wir auch. Tolle Mädchen können sie uns ja leider nicht bieten."

Alle mußten lachen.

Nun gab es ein neues Tatmotiv: Eifersucht!

Abermals durchstöberten die beiden Kommissare Peters Wohnung, stießen auf die Adresse von Heiko, der in Elzach lebte.

Beide suchten ihn sofort auf, obwohl es schon auf Mitternacht zuging. Er schien völlig verzweifelt und war sofort geständig.

"Peter wollte nichts mehr von mir wissen. Nur noch von dem jungen Schnösel. Als ob ich ihm etwas getan hätte, plötzlich war ich völlig Luft für ihn. Wir haben uns immer gut verstanden, viel zusammen unternommen, wollten bald auch zusammenziehen .... Aber dann tauchte Benjamin auf. Schlagartig war er nicht mehr wiederzuerkennen, völlig verändert."

"Wohl die große neue Liebe," sinnierte Ralf Hoffmann

"Strohfeuer," ergänzte Udo Schneider.

"Aber muß man denn dann jeglichen Kontakt abbrechen wollen? Ich wollte ihm Benjamin doch nicht ausspannen."

"Aber früher haben sie solche Dinge wohl anders gehandhabt?"

"Ja, warum soll ich es leugnen."

"Aus diesem Grund waren sie dann sicherlich eifersüchtig?"
"Klar, und wie. Wenn sie Benjamin sehen würden ...., da wird einem
ganz anders."
"Uns sicherlich nicht," mischte sich Ralf Hoffmann mit einer unquali-
fizierten Bemerkung dazwischen.
"Sie sind ja auch nicht schwul."
"Aber nachvollziehen können wir es trotzdem. Und wenn dann der Partner
nicht mehr wie früher teilen möchte ...."
"Damit hätte ich auch leben können."
"Zwischen ihm und Benjamin muß wohl mehr gelaufen sein als nur das
Eine."
"Ja, sonst hätte er mich nicht auf's Abstellgleis geschoben. Einfach
brutal. Das habe ich einfach nicht verkraften können. Und da ich
wußte, daß er fast jeden Abend zu Benjamin in Kollnau fuhr, der hatte
ja keinen Führerschein, habe ich ihn unterwegs im Kandelwald aufge-
lauert, an einer Kurve, wo er langsam fahren mußte ...." Heiko schlug
die Hände vors Gesicht. "Ohne ihn war ich doch nichts ...."
"Sie sind festgenommen." Mehr wußte Kommissar Schneider zu diesem Ge-
ständnis nicht zu sagen. Er fühlte sich mies.
Tränen rannen über Heikos Gesicht ....
Am nächsten Tag unterrichtete Udo Schneider Ernst Hollmann über die
Auflösung des Mordfalls.
Michael und Frank konnten es kaum glauben, daß Heiko zu einer solch
schrecklichen Tat fähig gewesen sein sollte.
*
In der Folgenacht konnte Michael kaum schlafen. Der Mord an einem Men-
schen, den er kannte, ließ ihn gedanklich nicht zur Ruhe kommen.
Im ersten Licht der Morgendämmerung blickte er auf seinen noch immer
fest schlafenden Freund, sein entspanntes Gesicht.
'Er sieht so zufrieden aus,' dachte dabei an Franks Vergangen-
heit, 'ich liebe ihn wie am ersten Tag. Und er liebt mich.'
Michael konnte seine Augen nicht mehr von Frank lösen. Er schien
ihm wie ein schöner Traum, aber es war ein realer Traum und er
wünschte sich, aus diesem Traum niemals erwachen zu müssen.
Sanft strich er über sein Haar. "Schlaf nur ruhig, Frank." murmelte er leise. Zu gern hätte er ihn in diesem Moment umarmt ....
Echte Liebe kann Berge versetzen, vorallem aber ein gemeinsames Leben, in dem das Wort Partnerschaft alles, das Wort Oberflächlichkeit
unbekannt ist.
Happy End! Happy End?

ZUR GESCHICHTE:

Herzlich bedanken möchte ich mich bei allen, die mich mit frei-
mütigen und tiefe Einblicke gewährenden Schilderungen persönlicher
Lebensschicksale zu meinen Ausführungen angeregt haben, somit diese
Darstellung erst möglich machten.
Die Gesamthandlung basiert auf diesen Aussagen, ist aber frei konzi-
piert. Übereinstimmungen mit tatsächlich lebenden Personen sind nicht
beabsichtigt und wären rein zufällig.
Besonderer Dank gilt meinem Freund Ingolf, der mich bei der Reali-
sierung aktiv, vorallem aber schreibtechnisch unterstützte.

*****

Zum Autor:

Jahrgang 1954, Wahlberliner, hauptberuflich im Reiseverkehr tätig.
Freizeitaktivitäten: Eisenbahnjournalismus mit Schwerpunkt Fahrplan-
wesen/geschichte, aktiv an einem namhaften Eisenbahnbuch-Verlag be-
teiligt. In den 80iger und 90iger Jahren zahlreiche Veröffentlichungen
(Kurzgeschichten) in dem in Berlin publizierten Magazin "Für Dich"
(1993 leider eingestellt), bzw. private Men-Fotografie.